Ein junger Mann ist gestorben. Sein Tod ist für ihn der Beginn einer Reise, auf der er hofft, seine verstorbene Tochter zu finden. Er begegnet dabei Personen, mit denen er sich über elementare Themen wie Tod, Leben, Liebe, Rache und anderes auseinandersetzt.

So trifft er sich zum Beispiel auf einen Wein mit Stefan Zweig und Sigmund Freud und spricht mit beiden über deren Selbstmord, er erfährt von Elvis Presley wann man wirklich stirbt, diskutiert mit Casanova über die Liebe und Kinder, mit Sokrates über Entscheidungen, mit Steve Jobs über das Leben 2.0, mit Marylin Monroe über Selbstzweifel, mit John Lennon über Rache und lässt Frank Sinatra mit Peter Alexander ein Duett singen. Auch seinem eigenen Vater begegnet er.

Seine Suche wird immer verzweifelter, ist er überhaupt auf dem richtigen Weg?

„Endlich. Ein positives Buch über den Tod, das ihn nicht nur enttabuisiert, sondern neugierig macht, sich mit ihm auseinanderzu-setzen!"

Dr. W. Mondorf

Über den Autor:
1961 in München geboren, begann Johannes Klenk als Freies Mitglied der Redaktion für die Süddeutsche Zeitung zu schreiben und absolvierte dort eine Ausbildung zum Verlagskaufmann. Später arbeitete er als Texter und Creative Director bei internationalen Werbeagenturen, bevor er seine Kommunikations-agentur gründete. Johannes Klenk lebt in Frankfurt, ist verheiratet und hat zwei Söhne.

Johannes Klenk

GESTERN BIN ICH GESTORBEN.

Keine große Sache.
Wirklich nicht.

© 2016 Johannes Klenk

Verlag: tredition GmbH, Hamburg

ISBN
Paperback: 978-3-7345-7821-2
Hardcover: 978-3-7345-7822-9
e-Book: 978-3-7345-7823-6

Printed in Germany

Für meinen Vater

Das Leben kann unbequem werden
und der Tod ist eine interessante Erfahrung
Irgendwie ungewohnt
Auf einen Wein mit Stefan Zweig und Sigmund Freud

Das Leben ist wunderbar
und der Tod kommt manchmal zu früh
War nicht alles schlecht früher
Elvis Presley starb, bevor er gelebt hat

Das Leben kennt keinen Konjunktiv
und der Tod hat auch seine Nachteile
Familienalbum
Casanova über die Liebe

Das Leben zu zweit ist schöner
und der Tod macht nicht einsam
Die Mutter meiner Tochter
John Lennon spricht noch immer mit Yoko

Das Leben wird oft überschätzt
und der Tod ist überraschend harmonisch
Nur ein Spiel
Peter Alexander und Frank Sinatra singen ein
Duett für mich

**Das Leben sollte man loslassen können
und der Tod will gut überlegt sein**
Ein Gespräch mit meinem toten Vater
Sokrates nervt ein wenig

**Das Leben ist nicht genug
und der Tod schafft Platz für Neues**
Ich fasse den Entschluss
Steve Jobs sieht im Tod das Leben 2.0

**Das Leben zu beenden ist anstrengend
und der Tod kann so warm und schön sein**
Wie ich starb
Marilyn Monroe ist eine Philosophin

Das Leben kann unbequem werden

Irgendwie ungewohnt

Gestern bin ich gestorben. Keine große Sache. Wirklich nicht. Man braucht keine Angst davor zu haben. Kein bisschen. Gut, zuerst ist es schon ein wenig eigenartig, aber dieses Empfinden verfliegt angenehm schnell. Seit ich den Entschluss gefasst habe, zu sterben, und dieses Unbekannte kennenlerne, sind die Furcht und das Gefühl, dass ich es nicht schaffen könnte, vollkommen verschwunden. Vielleicht macht es ein Vergleich etwas klarer. Als Kind konnte ich mir nicht vorstellen, im Schwimmbad vom 10-Meter-Brett zu springen. Und? Irgendwann war ich alt genug und reif genug und bin gesprungen. Gut, es kostete dieses gewisse Etwas an Überwindung, genauso wie das Sterben, aber wenn man den entscheidenden Schritt getan hat und sich getraut hat, fühlt man sich, ja, dann fühlt man sich stolz. Ich bin stolz darauf, dass ich gestorben bin. Endlich. Endlich gehe ich meinen Weg, und wie befriedigend es ist, dass Höhe keine Rolle mehr spielt.

Was habe ich mir früher als Lebender Gedanken über den Tod gemacht! Ist es dann hell oder dunkel? Kann man sprechen? Hat man einen Körper? Fühlt man noch Schmerzen? Trifft man andere, und wenn ja, wen? Und ganz wichtig: Gibt es Gott oder nicht?

Und jetzt das. Wahnsinn! Hatte ich mir so nicht vorgestellt, als ich in Bayern auf dem Land aufwuchs. Meine Eltern waren zwar beide nicht gläubig, aber ganz konnte ich mich den katholischen Einflüssen dort nicht entziehen.

Wir hatten eine schöne, barocke Kirche mit viel Gold und so. Sehr feierlich. Da hatte ich immer so ein devotes Gefühl, ich ging quasi schon auf Knien hinein. Zugegebenermaßen war ich nicht oft in der Kirche, und wenn, dann fühlte ich mich eingeschüchtert, fast erniedrigt, wie Jean Simmons in dem Film „Die Geschichte einer Nonne", in dem sie wie ein Kreuz vor dem Altar auf dem Boden liegt. In dieser Kirche hatte ich meine erste Begegnung mit dem Tod. Ein Klassenkamerad erkrankte an Leukämie und starb. Er wurde aufgebahrt, und wir konnten – mussten – Abschied von ihm nehmen. Die ganze Schule kam und war betroffen, obwohl ihn die meisten überhaupt nicht kannten. Es stimmt schon, nirgends wird mehr gelogen als auf Beerdigungen. Wenn ich, wahrscheinlich morgen – keine Ahnung wie lange das dauert – beerdigt werde, sollen die ganzen Heuchler und Schleimer zu Hause bleiben und mich wenigstens dann in Ruhe lassen. Auch Susanne möchte ich nicht sehen. Ganz besonders Susanne soll nicht kommen.

Auf jeden Fall habe ich damals bei dieser ersten Beerdigung den – wie ich meinte – Geruch des Todes kennengelernt. Diese Mischung aus Moder, altem Weihrauch und Kälte – selbst im Sommer – war für mich der Tod. Alles feierlich, aber eben düster, und ich hatte das Gefühl, dass jeder froh war, als er aus der Kirche wieder raus durfte in die Helligkeit und Wärme der Sonne, bis auf die alten Leute vielleicht, die kamen als Letzte raus. Entweder gefiel es ihnen da drinnen so gut, oder sie überlegten, ob sie nicht gleich drinnen bleiben sollten, ob es sich überhaupt lohnt, noch mal rauszugehen. Kurz, der Tod war von Anfang an nichts Schönes für mich, sondern etwas, das ich immer zu verdrängen suchte.

Heute weiß ich, dass das alles Unsinn ist. Der Tod riecht nach überhaupt nichts, ist vollkommen geschmacksneutral. Er ist auch nicht dunkel oder bedrohlich. Der Tod ist wie das Leben. Vielleicht ist der Tod sogar das Leben, aber ich bin ja gerade erst gestorben, ich muss mir alles noch genauer ansehen und es erleben. Erleben ist natürlich Unfug. Ertoden? Ach, ich muss noch eine Menge lernen, ich stehe erst am Anfang, nicht am Ende. Wie leicht jetzt alles ist. Früher war das anders.

In unserer Kirche zum Beispiel musste man immer ganz leise sein. Ruhe sanft. Völliger Quatsch. Schon damals wusste ich nicht warum, und jetzt, da ich tot bin, verstehe ich es noch weniger. Hat man Angst, die Toten zu wecken? Hallo, da gibt es nichts zu wecken. Wir Toten schlafen nicht. Nie. Wir wollen nichts verpassen, obwohl Zeit keine Rolle spielt. Zeit gibt es nicht mehr, kein Heute oder Morgen, kein letztes Jahr im Sommer, kein „Ich rufe dich nächste Woche an", kein „Ich bleibe dir ewig treu" oder „bis dass der Tod uns scheidet". Nein, wir sind hellwach, Tag und Nacht, wie man sagt, wenn man noch lebt. Der Tod ist nicht so, wie ich ihn in meiner bayerischen Heimat kennenlernte, also etwas sehr, sehr Ernstes. Er ist genau das Gegenteil, schon feierlich, aber eben auch fröhlich.

So habe ich mir das Sterben, alles in allem, als etwas sehr Düsteres und Finsteres vorgestellt und wohl darum Angst davor gehabt. Schon witzig, heute – das es ja für mich nicht gibt – darüber nachzudenken, denn es ist hell, manchmal sogar zu hell, wenn ihr mich fragt. Es gibt manchmal so komische helle Blitze, die stören ein wenig, aber ich gewöhne mich schon noch daran.

Damals, als Unwissender, suchte ich Wege aus der Angst. So kam ich irgendwann zum Buddhismus, auch weil ich den Dalai Lama immer cool fand. Der lächelte so nett und sagte ohne Furcht, ganz freundlich und sicher, dass man sich jeden Tag mit dem Tod auseinandersetzen solle. Ohne eine bewusste Beschäftigung mit dem Tod gäbe es kein bewusstes Leben. Das habe ich versucht, aber wenn man sich den Tod als etwas dermaßen Unschönes vorstellt wie ich, dann macht es einfach keinen Spaß, jeden Tag daran zu denken. Man denkt ja auch nicht jeden Tag an die Steuererklärung oder an eine bevorstehende schwierige Prüfung. Fasziniert hat mich die Gewaltlosigkeit im Buddhismus und dass nie ein Krieg in seinem Namen geführt wurde, keine Kreuzzüge, keine Hexenverbrennungen, keine Inquisition, kein alles legitimierendes „Im Namen des Heiligen Vaters". Nicht diese wie Christbäume mit kostbaren Ringen und Geschmeide geschmückten Päpste, die mit weihevollem Gesicht in allen möglichen Sprachen das „Urbi et Orbi" predigen und die rubinverzierte Hand mahnend heben: Spendet den Armen und Hungernden! Teile mit deinem

Nächsten! – Ich habe nie verstanden, warum die Kirche nicht mit gutem Beispiel vorangeht. Warum reißt sich der Papst nicht die Ringe von der Hand, die Gobelins von den Wänden und verteilt das Gold aus den Tresoren der Vatikanischen Bank, damit Kinder nicht verhungern müssen? Darüber hat mich immer der Zorn gepackt. Die Heldentaten der Kirche, als man noch seinen Mantel mit dem Frierenden teilte, sind schon lange vorbei – zu lange.

Das alles interessiert einen natürlich nur, wenn man noch lebt. Danach spielt das keine Rolle mehr, man versteht, dass Religionen vor allem dazu da sind, den Lebenden die Angst vor dem Tod zu nehmen. Was für eine Verschwendung von Energie. Ihr armen Lebenden wisst es halt nicht besser. Vor allem eines wisst ihr nicht, und das ist das Beste von allem, und allein dafür lohnt es sich schon fast zu sterben. Man trifft hier die tollsten Leute. Ja, wirklich, man trifft hier, wen man möchte. Das ist großartig. Bevor ich starb, hatte ich mich schon mal gefragt, ob ich wohl den einen oder anderen im „Himmel" treffen würde, ob ich mich in einer Schlange anstellen müsste, um mit J. F. Kennedy zu sprechen, um von ihm zu erfahren, wer ihn erschossen hat. Oder ob ich Pontius Pilatus einfach gegenübertreten und ihn fragen kann, wie er sich damals gefühlt hat, als er Jesus verurteilte, und wie er sich im Musical „Jesus Christ Superstar" findet. Jetzt muss ich über mich selbst lachen, denn hier steht natürlich keiner in irgendeiner Schlange. Wo auch?

Also das mit der nicht existierenden Zeit und dem nicht existierenden Raum ist zugegebenermaßen schon etwas irritierend. Jetzt bin ich gerade mal einen Tag (schon wieder reingefallen, aber wie soll ich es sonst sagen – kurz? Geht nicht, also wie?) tot und habe schon so viel erlebt. Schon wieder erlebt? Geht auch nicht, es ist zum Kotzen. Also: erfahren. Und genau das liegt eben an der Sache mit Zeit und Raum, sonst würde man das gar nicht alles schaffen. Ich muss mich einfach erst daran gewöhnen, dass ich – in der Sprache und dem Denken der Lebenden – schon eine Ewigkeit tot bin und nicht erst einen Tag. Und ich muss verstehen lernen, dass man hier niemanden zufällig trifft. Wenn ich also zum Beispiel einer berühmten Persönlichkeit begegne, dann nicht, weil sie zufällig vorbeikommt, sondern weil ich sie sehen möchte. Darin liegt jetzt diese unglaubliche Chance auf spannende Gespräche, und die möchte ich wahrnehmen.

Ich weiß nicht, ob es allen Neuankömmlingen hier so geht, aber ein paar Fragen drängen sich einem selbst hier noch auf, zum Leben und vor allem zum Tod. Ist doch interessant, von den Toten hier zu erfahren, welchen Einfluss ihr Leben auf ihren Tod hatte. Hatte es Sinn, sich zu Lebzeiten mit dem Tod auseinanderzusetzen? Macht es einen Unterschied, wie man gestorben ist und vor allem wie alt man wurde? Ist die Situation für jemanden, der ermordet wurde, hier anders als für jemanden, der sich umgebracht hat oder an einer Krankheit gestorben ist? Sind im Tod also alle gleich? Als Lebender bekommt man auf solche Fragen keine Antworten, wie auch, ist ja noch keiner aus dem Totenreich zurückgekommen, der es hätte erzählen können. Aber ich habe jetzt diese einmalige Gelegenheit, mit Leuten zu sprechen, die mir das erzählen können, Menschen, die ich kannte – meinen Vater zum Beispiel – oder Prominente, deren Leben ich verfolgt und bestimmte Schlüsse daraus gezogen habe. Elvis Presley hat für mich beispielsweise ein intensives Leben geführt und mehr erlebt als viele, die 100 Jahre alt wurden. Ist er dadurch leichter gestorben oder eben gerade nicht? Wie war das für Stefan Zweig, als er sich umbrachte? Wie denkt er jetzt darüber? Wie geht es einem Casanova hier? Empfindet er noch Liebe? Ist Frank Sinatra hier auch cool? Und vieles mehr. Das alles kann ich jetzt herausfinden, und der Clou: Ich muss mich nicht beeilen. Denn jetzt habe ich wirklich ewig Zeit. Endlich.

Der Tod ist eine interessante Erfahrung

Auf einen Wein mit Stefan Zweig und Sigmund Freud

.

Stefan Zweig war mein absoluter Lieblingsschriftsteller und stand darum auf meiner Liste der Prominenten, die ich treffen möchte, ganz oben. Und weil ich es gerade möchte und spannend finde, und weil ich es einfach so machen kann, setze ich Sigmund Freud gleich mit dazu. Die zwei sind schon zu Lebzeiten gut miteinander bekannt gewesen und haben beide – das ist dafür, warum ich dieses Gespräch suche, nicht unwichtig – Selbstmord begangen. Wie spricht man sein Idol am besten an? Erst mal ein wenig schmeicheln. Das schadet nie.

„Ihre Biografien habe ich geliebt, besonders Maria Stuart", eröffne ich das Gespräch mit etwas zittriger Stimme. Ich bin ziemlich aufgeregt.

Zweig lacht, und seine Augen blitzen: „Ich auch, aber dann habe ich mal mit Maria Stuart darüber gesprochen. Na ja, die Kassettenbriefe hat es überhaupt nicht gegeben, und ihren Mann hat sie nur umbringen lassen, weil ..."

„Sie haben mit Maria Stuart gesprochen?", unterbreche ich ihn, weil ich erst eine halbe Ewigkeit hier bin und mich noch immer nicht daran gewöhnt habe, was hier alles möglich ist.

„Sollen wir sie zu uns an den Tisch bitten?" Sigmund Freud blickt unter seinem Hut hervor und sieht mich fragend an. „Ich wollte sowieso noch eine Sitzung mit ihr machen, aber sie büxt mir immer wieder aus. Dabei hat sie es dringend nötig. Dringend!"

Weiterhin etwas verwirrt sage ich: „Nein, nein, danke. Das wird nicht nötig sein. Danke", nehme einen kräftigen Schluck von dem Wein, der ungemein nach Äther schmeckt, und frage: „Haben Sie auch mit Maria Stuart und Königin Elisabeth gemeinsam gesprochen? Ich meine, die beiden sind sich doch im wahren Leben nie begegnet, oder?"

Zweig schmunzelt: „Ich habe hier verschiedene Runden – Stammtische, wenn Sie möchten – wichtiger Persönlichkeiten gegründet. Das ist sehr, sehr unterhaltsam und lehrreich für mich und oft hilfreich und versöhnlich für die beteiligten Personen. Da haben sich die beiden zum ersten Mal gesehen. Im Leben war es ja nie dazu gekommen, wie Sie richtig in Erinnerung haben. Da hatten sie sich die hinterlistigsten Briefe geschrieben, jeweils adressiert an die „teuerste Freundin und Schwester", und sich dabei bis aufs Blut bekämpft. Hier haben sie dann ihren Frieden geschlossen, sind heute wirklich ein Herz und eine Seele. Ich habe dabei ein bisschen mitgeholfen, wenn ich ehrlich bin, und eine wesentliche Frage zur Sprache gebracht, die schon immer zwischen den beiden stand. Maria hatte es sehr verletzt, dass Elisabeth immer behauptete, sie habe Marias Todesurteil nur versehentlich unterzeichnet. Ihr seien damals mehrere Unterlagen zur Unterschrift vorgelegt worden und sie habe nicht gewusst, dass auch das Todesurteil darunter war. Hier lügt man nicht mehr, hier gibt es nur die Wahrheit, und so hat sie dann zugegeben, das Urteil ganz bewusst unterschrieben zu haben. Maria war irgendwie erleichtert darüber, gar nicht böse. Die beiden verstehen sich deswegen gut, glaube ich, weil sie sich so ähnlich sind, beide hart und entschlossen, wenn auch Maria mehr Glück bei den Männern hatte, was ihr dann mit zum Verhängnis wurde. Ist schon genial, die Leute zu treffen, über die man ein Leben lang geschrieben hat. So kann ich leicht überprüfen, ob es stimmt, was ich schrieb." Er denkt kurz nach. „Besonders viel Spaß macht mir die Runde ‚Sternstunden der Menschheit'. Robert Scott und Roald Amundsen zum Beispiel sind so feine Kerle, die hätten 1912 zusammen den Südpol entdecken sollen, aber das Schicksal wollte es nicht so. Ich lehne mich dann meistens zurück und höre nur zu, wenn die beiden zusammensitzen und ihre Erlebnisse austauschen, genauso bei Goethe, Dostojewski, Tolstoi, Lenin, Napoléon Bonaparte und den anderen. Ach, ich mag die Gespräche, selbst wenn ich dann feststellen muss, dass ich unrecht mit dem hatte, was ich über sie schrieb."

„Aber meistens", entgegne ich, „haben Sie doch richtig gelegen, oder?"

Zweig schaut ernst und ein wenig frustriert, wie es mir scheint, und doziert: „Na ja, wie man's nimmt. Marie Antoinette ist eine Zicke, Joseph Fouché ein prima Kerl, mit Balzac kann man kein vernünftiges Wort wechseln. Der Fehler liegt darin, dass wir dazu tendieren, die Menschen nach ihren Taten zu beurteilen. Mozart ist demnach fröhlich und verspielt und Heinrich VIII. brutal. Das stimmt natürlich nicht. Mit den ‚normalen' Menschen ist es ähnlich, nicht wahr,

Sigmund? Da denkt man immer, die Menschen wären wie ihr Leben."

Freud hatte nicht aufgepasst. Er schrieb irgendetwas in ein kleines schwarzes Büchlein und lächelte dabei verschmitzt in sich hinein.

„Herr Zweig", ich wollte mich langsam an die Frage herantasten, die mir auf der Zunge brannte, „hatten sie ein schönes Begräbnis?"

Zweig strahlt und zupft zufrieden an seinem Schnurrbart. „Das kann man wohl sagen, lieber Freund. Mein Sterben begann, wie Sie sicherlich verstehen werden, als meine Bücher verbrannt wurden, und ging dann schneller, als ich dachte, in Brasilien weiter. Ich habe damals viele Briefe geschrieben, und eines Tages lief der Postbote an meiner Tür vorbei, ohne anzuhalten. Ohne einen Brief für mich. Da wurde mir klar, dass die Welt mich vergessen hatte. Ich hatte keine Stimme mehr, die irgendwer hören wollte, die irgendetwas hätte verändern können. Die Welt hatte mich also vergessen. Da wurde mir klar, dass ich gestorben war. Ich war nie jemand, der sich anderen aufgedrängt hätte, und trotzdem hatte ich eine rege Korrespondenz mit vielen, vielen anderen Schriftstellern, Künstlern und Politikern. Aber ich schrieb nicht nur, ich traf mich mit ihnen, zum Beispiel mit Rainer Maria Rilke, Auguste Rodin, Hermann Hesse, Albert Schweitzer, Arthur Schnitzler und vielen anderen. Sigmund, kannst du dich erinnern, wie ich mal mit Salvador Dali zu dir kam und ihn dir vorstellte?"

Freud sieht kurz auf und sagt: „Ja, sicher. Das war 1938. Der Spanier war ein netter Kerl. Etwas zu fanatische Augen vielleicht, aber sehr sympathisch."

Zweig fährt fort: „Jedenfalls habe ich da noch gelebt, aber dann, in Petrópolis? Ich musste Brasilien wirklich dankbar sein. Das Land hat mich herzlich willkommen geheißen. Nur – wo waren meine Freunde, meine Aufzeichnungen, meine geliebten Autografen und die unersetzlichen Bücher? Nein, nein, es war schon richtig für mich, mir Veronal zu besorgen, für mich und Lotte. Da hatte ich anfangs schon ein schlechtes Gewissen, denn sie war noch nicht gestorben – dachte ich jedenfalls. Aber sie sagte mir, wir wären eine Einheit, ein Körper, und es könne nicht sein, dass die Arme tot sind und die Beine noch leben. Wissen Sie, mein Lieber", und er legt eine Hand auf meinen Arm, „jeder stirbt anders. Ich habe mit vielen hier gesprochen, und jeder hat seine eigene Geschichte. Nur eines ist gleich: Alle sind froh, endlich tot zu sein."

Dem kann ich nur zustimmen, aber Zweig hat mich nicht ganz verstanden. Ich nähere mich von einer anderen Seite: „Und der Tod selber?", frage ich.

„Das Begräbnis – eine famose Geschichte. Ganz Petrópolis war auf den Beinen, und der PEN-Club kam. Meinen Abschiedsbrief haben sie sogar in der Tageszeitung originalgetreu abgebildet. Der Staatspräsident Getúlio Dornelles Vargas ..."

Er redet und redet, und ich verzweifle langsam. Will er mich nicht verstehen oder kann er es nicht? Daher werde ich deutlicher und komme direkt auf den Punkt. „Wie war das, als Sie sich umbrachten?"

Er sieht mich verwundert an, als ob das eine völlig idiotische Frage wäre.

„Lieber Freund", sagt er, und mir fällt auf, dass ich mir seine Stimme ganz anders vorgestellt hatte, „es war – wie soll ich sagen – nicht wichtig. Da ich doch schon gestorben war, hatte das Leben keinerlei Bedeutung mehr für mich."

Er sieht mich noch immer an, als wäre ich ein Idiot, und sagt fast väterlich, wie man es einem kleinen Kind erklärt: „Man kann nur einmal sterben, und wenn man gestorben ist, dann ist einem der Tod jederzeit willkommen."

Ich weiß genau, was er meint, und lasse seine Worte etwas wirken, als Freud von seinem Notizbuch aufschaut und kopfschüttelnd, fast tadelnd, zu Zweig sagt: „Was für eine Erkenntnis! Du meine Güte, Stefan, jetzt lass dich bitte nicht für so eine Banalität feiern."

Stefan Zweig neigt den Kopf etwas zur Seite, fährt sich mit dem Zeigefinger über seinen Schnurrbart und lächelt Freud an.

Ich muss ihn unbedingt fragen, warum er den gleichen Bart wie Hitler trug und vor allem noch immer trägt. Wie gut, dass Zeit für mich keine Rolle mehr spielt! Oder ich frage Hitler, warum er den gleichen Bart wie ein berühmter Jude trug. Auch amüsant.

Er sagt: „Schlomo, erzähl uns doch mal, wann du genau gestorben bist."

„Nenn mich nicht Schlomo", antwortet Freud ungehalten. „Du weißt genau, dass ich diesen Namen nicht ausstehen kann!"

Die beiden kommen jetzt richtig in Fahrt. Ich lehne mich vorsichtig zurück und schaue mir das Ganze an. Das ist herrlich. So etwas bekommt man als Lebender nicht geboten. Freud ist jetzt in seinem Element. Bevor er antwortet, holt er gekonnt – ich traue meinen Augen kaum – ein Briefchen mit weißem Pulver und ein silbernes Röhrchen aus seinem Jackett und zieht sich in aller Ruhe eine Line Kokain in die Nase.

Danach räuspert er sich kurz und beginnt: „Nun, um zu erklären, wann ich gestorben bin, muss ich ein wenig ausholen. Also, wo viel Licht ist, ist bekanntlich viel Schatten. Jahrelang habe ich engagiert versucht, meine Patienten zu heilen. Vieles ist mir gelungen, vieles habe ich erreicht, aber eben nicht alles. Insbesondere zwei Niederlagen habe ich zu beklagen, eine bei einem Freund, eine bei mir selbst. Ich habe versucht, Carl Koller von seiner Morphiumsucht zu heilen – mit Kokain, welches ich sehr erfolgreich bei verschiedenen Gelegenheiten eingesetzt hatte. Es war, als würde man versuchen, eine Flamme mit Feuer zu löschen, und er wurde letztlich kokainsüchtig. Bis heute redet er kein Sterbenswörtchen mehr mit mir … Hm", er stockt kurz, murmelt noch mal: „Sterbenswörtchen, tot – gefällt mir", notiert etwas in sein Büchlein und wendet sich wieder uns zu. „Na ja, auf jeden Fall hat mir das erstmals meine Unzulänglichkeit vor Augen geführt. Meine absolute Unfähigkeit habe ich dann an mir selbst erfahren. Ab und zu Kokain, das hatte ich einigermaßen im Griff, aber das verdammte Rauchen konnte ich mir einfach nicht abgewöhnen. Als promovierter Arzt wusste ich natürlich, dass mir das nicht guttut, dennoch konnte ich nicht aufhören. Ich konnte mich nicht einmal selbst von einer Sucht heilen, bin kläglich gescheitert und habe so meinen eigenen hohen Ansprüchen nicht gerecht werden können. Da habe ich einen Knacks bekommen und vielleicht sogar schon ein wenig zu sterben begonnen. Wie soll ich andere kurieren, wenn ich nicht imstande bin, mich von einer lächerlichen Sucht wie dem Rauchen zu befreien? Mein Selbstbewusstsein war dahin. Als ich 66 Jahre alt war, wurde dann Gaumenkrebs bei mir festgestellt, und der rechte Oberkiefer und der Gaumen wurden wegoperiert. Die Prothese – ekelhaft. Das war der Beginn der Höllenqualen. Über 30 Operationen folgten, aber es wurde nicht besser, sondern immer schlechter. Ich kann mich noch genau an die 22. Operation erinnern. Als ich aus der Narkose aufwachte, wusste ich: Das war es jetzt. Das ist kein Leben mehr. Jetzt ist es vorbei. Und da bin ich dann endgültig gestorben, da war mein Leben zu Ende, selbst wenn es noch ein paar wenige, erbärmliche Jahre weiterging. Wenn ich damals schon gewusst hätte, wie schön und schmerzfrei es ist, tot zu sein, hätte ich früher Schluss gemacht. Dann habe ich mich endlich dazu durchgerungen. Eine Überdosis Morphin, und fertig." Er wendet sich Zweig zu und sagt mit glänzenden Augen: „Und wie habe ich mich gefreut, dass gerade du, lieber Stefan, die Rede an meinem Grab gehalten hast. Deine Worte – genau richtig. Brüder im Leben und im Geiste, möchte man sagen. Tja, der Suizid ist nicht das Einzige, was mich mit Stefan verbindet." Er sieht Stefan Zweig sehr freundlich, fast liebevoll an. „17 Monate später warst dann du dran, mein Lieber, wie du so schön in deinem Abschiedsbrief geschrieben hast – aus freiem Willen und mit klaren Sinnen!"

Ich erinnere mich, gelesen zu haben, dass Thomas Mann den Selbstmord von Zweig in einer ersten Reaktion als Flucht vor der Verantwortung bezeichnete. Es wäre besser gewesen, meinte Mann, Zweig wäre nicht davongelaufen und hätte gekämpft wie andere auch. Mann schrieb, er könne keine große Erschütterung empfinden und vermutete, es müsse wohl das liebe Geschlecht dahintergesteckt und irgendein Skandal gedroht haben. Was wohl Stefan Zweig dazu sagt? Ich will ihn aber nicht fragen, denn das ist mir unangenehm.

Sigmund Freud verabschiedet sich, murmelt etwas vor sich hin und kritzelt im Gehen wieder etwas in sein schwarzes Büchlein.

Auch ich will mich auf den Weg machen, als mich Stefan Zweig zurückhält und mir zuflüstert: „Er geht zu seinen Schwestern. Vier von ihnen sind 1942 in Konzentrationslagern von den Nazis ermordet worden. Sie sind alle froh, hier zu sein." Und er fügt mit einem Lächeln hinzu: „Denn hier spielt das alles keine Rolle mehr."

Die hellen Blitze werden mehr. Möchte mal wissen, wo die herkommen. Die anderen scheinen sie überhaupt nicht zu bemerken.

Das Leben ist wunderbar

War nicht alles schlechter früher

Gestern bin ich gestorben. Es fühlt sich noch immer toll an. Keine Realitäten mehr, keine Verantwortungen, kein Gefängnis. Ja, das Leben ist ein Gefängnis, aber das versteht man erst, wenn man gestorben ist. Die sogenannten Freunde: die Gitterstäbe. Kein Entkommen vor ihren guten Ratschlägen, ihren Problemen, ihrer falschen Wahrnehmung und diesen unsäglich langweiligen Gesprächen. Wenn ich mich jetzt gut unterhalten möchte, dann treffe ich mich halt mal mit Homer und diskutiere mit ihm über die Sex Pistols. Und wenn ich Mozart dazu hole, geht bestimmt die Post ab.

Ich habe keine Angst mehr. Wovor denn auch? Als ich noch lebte, war das anders. Da hatte ich immer Angst, ich könnte etwas von dem verlieren, was ich habe, Geld, Ansehen, Freunde, Freiheit – vor allem mein Kind. Woher sollte ich wissen, dass ich nichts verlieren konnte, weil ich gar nichts besaß? Jetzt habe ich von all dem nichts mehr und bin reicher denn je. Der Tod ist so schön, so frei, so unendlich.

Es ist nicht so, dass ich das Leben prinzipiell schlecht fand. Es gab schon gute Zeiten, unbeschwerte, schöne Zeiten, da war ich noch fest davon überzeugt, dass es für mich ein Leben vor dem Tod gibt. Heute weiß ich, wie naiv das war. Aber es gab gute Gründe, das zu glauben. Hier die Momente, in denen ich das Leben fühlte:

Tanzen. Ich war nie ein großer Tänzer, aber einmal war ich in einer Disco – nein, damals gab es noch keine Klubs – und es lief „Fantasy" von Earth, Wind and Fire. Plötzlich konnte ich tanzen. Ich drehte mich, den Kopf nach hinten gelegt, die Augen geschlossen, die Arme ausgestreckt. Es war wie Schweben, oder nein, wie Fliegen. Nicht mehr auf dieser Welt, und das ganz ohne Drogen. Ich war, wie soll ich das sagen? Ich war glücklich. Alles war im Lot, alles war gut, alles wurde von mir geliebt, und alles liebte mich. Nie wieder habe ich so getanzt, nie wieder habe ich das erlebt, und nie wieder war ich so schwerelos. Das war Leben pur. Das gibt es hier leider nicht mehr. Als das Lied zu Ende ging, bin ich wie aus einer Trance aufgewacht und ganz benommen zurück zu meinen Freunden an den Tisch gegangen. Keinem von ihnen ist etwas aufgefallen. Komisch, da lebt jemand in ihrer Mitte wie nie zuvor, und keiner merkt was. Viele Jahre später habe ich in Istanbul mal diese Derwische gesehen und wie sie sich drehen, ohne zu wanken, ganz versunken. So muss man sich das vorstellen. Das war Leben. Da fühlte ich es.

Motorrad fahren. Während der Zeit auf dem Gymnasium bin ich oft bei einem Freund von der Schule nach Hause mitgefahren. Helm? Fehlanzeige. Seitens meiner Mutter war das natürlich strengstens verboten. Er holte immer das Letzte aus seiner uralten DKW SB 200 heraus. Das war eine dieser wunderbaren Maschinen mit zwei separaten Sitzen, die herrlich gefedert waren. Man saß wie in einem Wohnzimmersessel. Ab und zu durfte ich fahren. Er hat es mir beigebracht. Sobald ich 18 Jahre alt war, habe ich sofort den Führerschein gemacht und mir eine alte Honda 250

Enduro gekauft. Ich hatte zwei Jahre diszipliniert gespart und alles, was ich mir mit Jobs verdient hatte, zur Seite gelegt. Mit dieser Honda durch die Gegend zu fahren, das war, als wäre man allein auf der Welt, nur das Motorrad und man selber. Das war Leben. Da fühlte ich es.

Anerkennung und Lob. Wie vielen Söhnen war mir die Anerkennung von meinem Vater besonders wichtig. Ich unternahm alles Mögliche, um ein Lob zu erhaschen. Mein Vater kam immer pünktlich um 17.00 Uhr mit seinem Mercedes von der Arbeit aus München nach Hause. Die Auffahrt zur Garage bestand aus Kies, nur zwei Spuren waren mit Platten gelegt, die man genau mit den Reifen treffen musste. Ich harkte und fegte die Auffahrt voller Hingabe. Und weil ich es nicht aushalten konnte, lief ich ihm, als ich fertig war, bis zur Straßenecke entgegen und erwartete ihn dort sehnsüchtig. Wenn er dann endlich kam, rannte ich bis zur Garage neben dem Auto her. Dort wartete ich, bis mein Vater ausstieg, und nahm ihm die Aktentasche ab. Manchmal, aber nicht immer, fiel ihm auf, wie fein ich alles gefegt hatte, und er lobte mich, nicht überschwänglich, denn so war mein Vater nicht, aber er erkannte meine Leistung an, und ich war glücklich. Danach hatte ich mich gesehnt. Ich ging stolz ins Haus und erzählte meiner Mutter, dass ich gelobt worden war. Das war Leben. Da fühlte ich es.

Musik. Für mich als Teenager war Musik eine Religion und wichtiger als vieles andere, Schule zum Beispiel. Ich verbrachte Tage und Nächte vor dem Plattenspieler, hörte heimlich unter der Bettdecke bis tief in die Nacht Radio, bis mein Bruder, der deswegen nicht schlafen konnte, das Radio aus dem Fenster zu werfen drohte. Ich kannte die Songtexte besser als die Lateinvokabeln und sagte sie ehrfürchtig im Unterricht leise auf. Irgendwann war es nicht mehr genug, sie nur zu hören, ich wollte sie selbst erfahren und begann, Gitarre zu lernen. Autodidaktisch. Mal hier einen Griff gesehen, mal dort ein Riff von einem Freund abgeschaut. Und ich war nicht allein. Da gab es noch andere Jungs, die spielen wollten, und nicht nur spielen, die wollten wie ich auf der Bühne stehen. Also gründeten wir eine Band. Anfangs trauten wir uns nicht an eigene Sachen ran und spielten Eagles, Status Quo, Uriah Heep und so. Wir übten und übten. Nichts anderes existierte mehr. Dann der erste Auftritt beim Schulfest in der kleinen Turnhalle, diese unglaubliche Aufregung, die weichen Knie, das Gefühl, nichts mehr zu kennen und können, Übelkeit, Anspannung pur. Das erste Stück, „Hotel California" von den Eagles. „On a dark desert highway, cool wind in my hair". Die letzte Strophe, das Solo kommt, ich spiele eine der beiden Gitarren und habe das erste Mal die Zeit und den Mut, ins Publikum zu schauen. Sie schwenken die Arme, sie sind glücklich, und ich habe das gemacht. Ich machte sie tanzen und singen. Das war Leben. Da fühlte ich es.

Lesen. Ich begann spät, mich für Bücher zu interessieren, sie waren einfach nicht mein Ding. Die waren alle weit weg von mir, hatten nichts mit mir zu tun. Und dann kam Hermann Hesse. Eine Freundin hatte mir ein Buch geschenkt. Es sei nicht dick, das würde ich schon schaffen, es sei wirklich gut, und das müsste man in der Pubertät einfach lesen. Ich legte es in die Schublade, und da blieb es eine ganze Weile. Eines verregneten Sommertages – ich suchte irgendetwas – fällt es mir wieder in die Hand. „Demian". Nun gut, hab nichts vor, denk ich, man kann ja mal reinschauen. – Ich legte es erst wieder beiseite, als ich es ausgelesen hatte. Was war das denn?! Woher wusste dieser Hermann Hesse, wie ich – wie viele von uns fühlten und dachten, welche Ängste wir hatten? Wie konnte jemand, den man nicht einmal kannte, einem derartig nahe sein und spüren, dass man seine Welt bedroht sah? In jedem von uns steckte dieser Emil Sinclair, und jeder von uns hatte einen Franz Kromer, und jeder wünschte sich, Max Demian an seiner Seite zu haben. Ich war fix und fertig, aber ich war glücklich. Ich fühlte mich nicht mehr allein. Ich schaute aus meinem Fenster in die Abenddämmerung. Es hatte aufgehört zu regnen. Das war Leben. Da fühlte ich es.

Unfall. Der Führerschein hat auf dem Land eine größere Bedeutung als in der Stadt. Für uns bedeutete er Unabhängigkeit, Freiheit, nahezu unbegrenzte Möglichkeiten. Neidisch schauten wir auf die Kinder von Ärzten, die mit einer Sondergenehmigung schon mit 16 Jahren fahren durften, offiziell selbstverständlich war es ihnen nur erlaubt, ihre Väter zu Patienten fahren. Inoffiziell haben die gemacht, was sie wollten. Ich auch. Ich bin schon mit 17 Jahren heimlich gefahren. In meiner jugendlichen Arroganz und Angeberei brachte ich es sogar fertig, mit dem Wagen meiner Freundin zum Theorieunterricht direkt bis zur Fahrschule zu fahren. Als ich den Führerschein dann endlich in Händen hielt und ganz offiziell fahren durfte, war das ein Meilenstein in meiner gesellschaftlichen Entwicklung bei uns auf dem Dorf. Plötzlich war ich erwachsen und beliebter als je zuvor – und begehrt als Chauffeur. Dann kam der 2. Juni. Ich kannte die Strecke zur Disco in- und auswendig. Ich war sie schon oft schwarz gefahren, kannte jede Kurve, jeden Baum – dachte ich jedenfalls. Wie es genau zu dem Unfall kam, weiß ich nicht mehr. Wahrscheinlich bin ich zu schnell in die Kurve gefahren. Ich kam ins Schleudern, konnte den Wagen nicht mehr auf der Straße halten, überschlug mich mehrmals eine steile Böschung hinunter und blieb nach einer Ewigkeit endlich auf dem Dach liegen. Ich war angeschnallt, und der Gurt hielt mich mit fester, schützender Hand in den Sitz gedrückt. Der Motor lief noch. Ich stellte ihn ab. Von der Straße kamen Leute den Hang zu mir heruntergelaufen. Ich spürte, dass ich verletzt und kurz davor war, das Bewusstsein zu verlieren, aber ich spürte auch, dass ich mein Leben nicht verlieren wollte. Das war Leben. Da fühlte ich es.

Ski fahren. Direkt an den Bergen aufgewachsen hatte ich schon als kleines Kind auf Skiern gestanden. Im Winter war ich fast jedes Wochenende auf der Piste. Beigebracht hat mir das Skifahren mein Vater, ein exzellenter, sehr ästhetischer Skifahrer. Wir Kinder haben ihm mal oben auf dem Berg vor der Abfahrt eine Streichholzschachtel zwischen die Skischuhe gesteckt. Er wedelte den ganzen Hang hinunter, und als er unten ankam, war die Schachtel noch immer da, wo wir sie hingesteckt hatten. Auch ich wurde ein sehr guter Skifahrer und habe sogar mal ein Skilehrer-Praktikum gemacht. Einmal fuhr ich mit zwei Freunden in die Berge. Die beiden litten an dem Morgen unter den Nachwirkungen der letzten Nacht und wollten im Bett bleiben, ich aber nicht. Ich wollte nichts wie raus. Der Morgen ist in den Bergen besonders wertvoll. An diesem Tag war alles perfekt, blauer Himmel, Neuschnee, Minustemperaturen. Ich, trotz Höhenangst, mit der ersten Gondel ab nach oben. Der Blick – traumhaft, alles noch ruhig, der Schnee jungfräulich, ohne jede Spur. Zuerst schließe ich die Augen, nehme die Luft, den Geruch von frischem Schnee, die Stille, die Kälte, den Berg auf, werde eins mit der Natur. Langsam fahre ich los, die ersten Meter noch immer mit geschlossenen Augen. Der Schnee knirscht leicht, ich lasse mich treiben. Die Fahrt wird schneller, ich öffne die Augen, mache den ersten Schwung. Nur die Skispitzen schauen aus dem Schnee. Ich muss springen. Der Schnee ist tiefer, als ich dachte. Es ist der Rhythmus, auf den es ankommt beim Tiefschneefahren, und ich treffe ihn perfekt. Ich singe etwas und schwinge im Takt. Ich vergesse die Zeit, gebe mich ganz und gar dem Rausch hin. Nichts ist mehr wichtig, es gibt nur mich und den Berg.

Unten angekommen erwache ich und sehe mir außer Atem meine Spur an. Sie wird nicht bleiben, sie ist vergänglich, aber jetzt ist sie da. Ich schließe wieder die Augen und weiß, dass ich heute nicht noch einmal nach oben fahren werde. Für heute ist Schluss. Das war die perfekte Fahrt. Das war Leben. Da fühlte ich es.

Wagner. Ich bin auf der Fahrt zu einem Vorstellungsgespräch und etwas aufgeregt. Die Krawatte drückt ein bisschen. Ich bin sie nicht gewohnt. Ein guter Freund hat mir sein Auto geliehen, wofür ich ihm dankbar bin, denn ich möchte nicht, angezogen wie ein Pinguin, mit der S-Bahn fahren müssen. Musik könnte mich beruhigen, denke ich, doch im Radio läuft nur Gequatsche, darum schalte ich auf CD, ohne zu wissen, was im Player ist. Das Stück fängt ganz langsam an, es ist wie ein Spaziergang im Wald, Eine Ouvertüre, stelle ich fest. Klassik, nichts für mich, und ich möchte schon weiterschalten, aber irgendwie schaffe ich es nicht. Irgendwie fesselt mich das Stück. Ich drehe etwas lauter, merke fast gar nicht, dass ich langsamer fahre, mich mehr und mehr entspanne. Keine Ahnung, was ich da höre. Ab und zu werfe ich einen Blick aufs Display. „Geliebter, sag, wo weilt dein Sinn?" – „Dir töne Lob! Die Wunder sei'n gepriesen." – „Zieh hin, Wahnsinniger, zieh hin!" Was ist das? Wer ist das? Ich suche und finde das CD-Cover. Richard Wagner, „Tannhäuser". Ganz vage erinnere ich mich an den Musikunterricht und die Geschichte vom Venusberg, einem Sängerwettstreit und einem

Stab, an dem kein Grün mehr wachsen kann, es dann aber doch tut. Und dann kommt „Zu Dir wall ich, mein Jesus Christ." Ich bin nicht gläubig, doch bei dem Text bekomme ich Gänsehaut: „Ach schwer drückt mich der Sünden Last, kann länger sie nicht mehr ertragen! Drum will ich auch nicht Ruh' noch Rast und wähle gern mir Müh' und Plagen." Ich lehne mich total entspannt zurück, habe Tränen in den Augen. Das war Leben. Da fühlte ich es.

Susanne. Wir liegen zusammen im Bett, haben uns gerade geliebt. Ich halte sie im Arm, es passt perfekt, ineinander gelegt wie Puzzle-teile. Wir reden nicht, wir rühren uns nicht. Nicht einmal Musik spielt. Es ist alles ganz ruhig und friedlich. Ich öffne die Augen und sehe an die Decke. Es ist der perfekte Augenblick. Ich sehe meine Zukunft, unsere Zukunft vor mir.

Heirat, Karriere, Freunde, Reisen, Spaß, Liebe, Verständnis, Toleranz, Frieden, Familie und Kinder. Alles sehe ich in diesem einen Augenblick an der Decke. Ich lächle nur leicht, will mich nicht bewegen, will den Augenblick nicht zerstören. Das war Leben. Da fühlte ich es.

Tochter. Ich kann bei der Geburt nicht dabei sein. Kaiserschnitt. Also warte ich neugierig und gespannt. Wie in diesen amerikanischen Filmen, denke ich. Ich sehe zwar alle paar Minuten auf die Uhr, bin aber ganz ruhig und gelassen. Von Aufregung noch keine Spur. Ich frage mich, ob wirklich alles in unserer Wohnung vorbereitet ist, gehe in Gedanken noch mal jedes

Detail durch: Wiege und Waage, Windeln und Puder, Spieluhr und Kuscheltier, Strampler und …

Kurz vor 22 Uhr. Jetzt müsste Susanne eigentlich aus dem Kreißsaal kommen, aber sie kommt nicht. Kein Problem, denke ich.

… Mütze und Bilderbuch, dafür ist es natürlich viel zu früh, doch ich konnte mich einfach nicht zurückhalten, wie mit vielem anderen. Um kurz vor halb elf werde ich ganz plötzlich von einem Moment zum anderen panisch. Was, wenn irgendetwas nicht in Ordnung ist und schiefgeht? Niemand da, den ich fragen kann. Dann geht endlich die Tür auf, und eine Schwester bringt meine Tochter Sophie aus dem OP. Sie ist so klein, so schrumpelig und so zart. Sophie wird unter eine rote Lampe gelegt, wie ein Leberkäs beim Metzger zum Warmhalten, denke ich, und darum geht es hier wohl auch. Ich strecke ihr meinen kleinen Finger entgegen. Sie ergreift ihn, hält ihn erstaunlich fest und lässt ihn nicht mehr los. Überglücklich fühle ich mein Herz bis zum Hals schlagen. Die Krankenschwester, eine Freundin von Susanne, lächelt mich an und sagt, dass es der Mutter übrigens auch gut gehe. Hatte ich ehrlich vergessen. War so fasziniert von Sophie. Ich bitte um Entschuldigung. Bis ich nach Hause gehe, ist es schon früher Morgen. Ich setze mich an die Isar, atme die frische Morgenluft ein und schaue mir den Sonnenaufgang an. Das war Leben. Da fühlte ich es noch.

Ich wusste es damals nicht, aber es war das letzte Mal, dass ich meine Tochter unbeschwert berühren konnte, da hatte ich noch keine Ahnung von Herzfehlern und langen lateinischen Namen, die man sich nicht merken kann, und die doch über Leben und Tod der eigenen Tochter entscheiden. Da hatte ich mich noch nicht mit den vielen Ärzten und ihren widersprüchlichen Diagnosen abwechselnd angelegt und verbrüdert. Da glaubte ich noch an eine eigene Familie, da fühlte ich mich noch nicht so unendlich machtlos.

Jetzt ist das vorbei, denn jetzt bin ich hier, um sie wiederzusehen, wiederzuspüren, zu streicheln, ihr mehr als nur einen kleinen Finger zu reichen. Ich kann es kaum erwarten. Gefunden habe ich sie allerdings noch nicht, aber Zeit spielt jetzt Gott sei Dank keine Rolle mehr, also nur Geduld. Und ich kann in aller Ruhe den Nächsten auf meiner Liste treffen, ohne etwas zu versäumen.

Der Tod kommt manchmal zu früh

Elvis Presley starb, bevor er gelebt hat

Kaum denke ich an ihn, da sehe ich ihn in einem typischen 50er-Jahre-Diner an einem Tisch sitzen. Er ruft mich mit einer Kopfbewegung zu sich, dass seine Tolle wackelt. Ich bekomme eine Gänsehaut, während ich mich ihm gegenüber hinsetze.

Er lächelt mich an und sagt mit dieser wunderbar tiefen, sonoren Stimme: „Schon lange hier?"

Wow. Elvis Presley spricht mit mir. „Erst seit gestern", krächze ich ein wenig verlegen.

„Aha", sagt er und lächelt wieder, „seit gestern. Ein Frischling also. Hast du noch nicht erkannt, dass es Zeit hier nicht mehr gibt?"

„Schon, schon", stottere ich. Elvis Presley in seinem Paillettenanzug und der großen Sonnenbrille ist schon eine Erscheinung. Mein lieber Mann! Das kann einen ganz schön einschüchtern.

„Mach dir mal keinen Kopf, das geht hier allen am Anfang so. Es ‚dauert', bis man es wirklich verinnerlicht hat. Das ist ein sanfter Übergang." Elvis beugt sich über den Tisch und klopft mir aufmunternd auf die Schulter.

Ich lehne mich betont lässig zurück und sage, um das Gespräch in Gang zu bringen: „Deine Musik war einmalig, ich war, äh, bin echt ein großer Fan von dir!"

Letzteres ist ein wenig geschwindelt. So großartig fand ich seine Musik eigentlich nie, aber er interessierte mich schon immer als Typ, und ich möchte mehr von ihm erfahren. Darum sitzt er mir jetzt auch gegenüber, und darum will ich den guten Mann bei Laune halten, obwohl ich nicht weiß, ob es hier wirklich sinnvoll ist, nicht die Wahrheit zu sagen. Ich fahre jedenfalls fort und gehe gleich in die Vollen: „Hunderte Millionen Platten verkauft, tolle Frauen, super Haus, und alle mochten dich. Du bist ja selbst nach deinem Tod noch einer der beliebtesten und verdientesten Musiker! Wenn dein Leben also auch nicht sehr lang dauerte, war es doch ein tolles Leben, oder?"

Elvis lacht auf: „Weißt du, am Anfang hätte ich jeden Mist gesungen, um nach oben zu kommen, aber ich hatte Glück. Ich musste es nicht. Ich mochte die Gospels und dann die Rockabilly und Rock-'n'-Roll-Nummern. Und der Erfolg war riesig. Auch das Geld. Tom, der Colonel, kümmerte sich mein ganzes Leben hindurch bis zu meinem Tod um die Finanzen und hat das prima gemacht. Allein war ich eigentlich auch nie. Wenn ich irgendwo hinging, hatte ich immer meine ‚Memphis Mafia' dabei, also meine Freunde und ein paar Mitarbeiter. Mein Leben war ein Traum. Na, vielleicht bis auf die unsäglichen Filme. Die waren wirklich schlecht, haben aber eine ganze Menge Geld eingebracht."

Wusst ich es doch. Elvis war wirklich das tolle Leben, war der King. Ich bin so begeistert, dass ich es erst mal völlig übersehe, wie sich ein Schatten auf sein Gesicht legt, und stelle ihm noch eine Frage, die ich einfach stellen muss: „Sag mal, Elvis, wann bist du eigentlich gestorben?"

Er schaut durch das Fenster des Diners und sagt ernst: „Früh, sehr früh."

Da ich bei Zweig und Freud gut aufgepasst habe, weiß ich, dass er damit nicht meint, nur 42 Jahre alt geworden zu sein. So ist meine Frage auch nicht gemeint. Ich möchte schon wissen, wann er zu leben aufgehört hat.

Elvis nimmt seine Brille ab, sieht mich traurig an und sagt: „Seit Jesse tot ist. Damals bin ich mit ihm gestorben."

Jessie? Ich muss überlegen. Wer war denn Jessie?

Er liest in meinem Gesicht. „Jessie war mein Zwillingsbruder. Er starb bei unserer Geburt. Mann, du kannst keine zwei Leben leben, das geht nicht. Ich hab es versucht, hab meine Kerze an zwei Enden angezündet, aber es hatte keinen Sinn. Du kannst einen Menschen nicht ersetzen. Jeder ist ein Unikat."

Elvis war also mit seinem Zwillingsbruder gestorben, bei dessen Geburt. Das war ein echt kurzes Leben. Da hatte Stefan Zweig noch Glück gehabt. Und mein Leben? War das auch zu kurz? Weiß ich, wann ich genau gestorben bin?

Elvis unterbricht meine Gedanken und erzählt mir mit seinen eigenen Worten, was ich bereits von Stefan Zweig erfahren habe. Aber ich höre es mir gerne noch mal an, allein die Stimme zu hören, ist ein Genuss.

„Ich muss mich entschuldigen", sagt er fürsorglich. „Ich habe ganz vergessen, dass du gerade erst hier angekommen bist. Es ist so: Jeder von uns wird geboren und jeder von uns ist irgendwann einmal tot. Dazwischen liegen das Leben und das Sterben. Sterben und Tod finden aber nicht immer zum selben

Zeitpunkt statt. Wer stirbt, hört auf zu leben, doch deswegen ist er nicht gleich zwangsläufig tot. Nimm zum Beispiel ein altes Ehepaar. Wenn einer von beiden stirbt, ist für den anderen das Leben meist vorbei. Auch der Partner stirbt. Tot aber ist er vielleicht erst paar Jahre später. Es gibt viele Anlässe, um zu sterben: Verlust, Krankheit, Enttäuschung, Frustration und vieles mehr. Die normale Reihenfolge der vier Daseins-Phasen ist Geburt, Leben, Sterben, Tod. Na ja, und bei manchen kommt dann die Unsterblichkeit." Er lächelt ein wenig verlegen, blickt mir dabei aber fest und eindringlich in die Augen. Er ergänzt: „Vor dem Sterben kommt also in der Regel das Leben, aber bei mir war es genau umgekehrt. Ich bin zuerst gestorben und habe dann gelebt."

Ich finde das, was er sagt, unendlich traurig, denn ich denke schon, dass man zuerst leben sollte und dann erst sterben. Und das Leben sollte man in vollen Zügen auskosten. Man sollte leben, solange es gut ist und gut tut. Dann sterben, dann tot. Das ist okay, denn den Tod kann man dann ja wieder genießen, das sehe ich jetzt. Auf jeden Fall wächst mein Respekt vor Elvis. Was er dann aus sich gemacht hat, ist schon aller Ehren wert.

Ich versuche ihn mit irgendwelchen lustigen Geschichten aufzuheitern, zum Beispiel mit der, dass ich mal unter dem Fenster eines Mädchens „Love Me Tender" gesungen habe und „tender" durch den Namen des Mädchens ersetzt habe, weil ich dachte, „tender" wäre ein Name. Oder ich erzähle, dass es eine Zeit lang total in war, sich im Auto einen Wackel-Elvis aufs Armaturenbrett zu kleben. Bei der Beschreibung des Wackel-Elvis muss er lachen. Davon hat er noch nicht gehört, aber er erzählt mir, wie es zu seinem Hüftschwung kam. Er war eines Morgens aus der Dusche gekommen und auf dem nassen Boden ausgerutscht, konnte sich aber mit zwei, drei Hüftbewegungen gerade noch vor dem Hinfallen retten. Seine damalige Freundin hatte vom Bett aus zugesehen und ihm gesagt, dass es wirklich absolut sexy aussehen würde. Da hat er es auf der Bühne probiert, und die Leute fanden es toll. Stellt euch das mal vor: Ich tröste Elvis Presley. Verrückt, aber wahr.

Ich treffe Elvis gern und oft. Er erzählt mir eine ganze Menge über sich und sein Leben. Wir sprechen darüber, dass er im selben Jahr geboren ist wie meine Großmutter, was er immer lustig findet, weil ich theoretisch sein Enkel sein könnte. Auch reden wir über seine Zeit in Deutschland bei der Army, seine Liebe zum Karatesport, darüber, dass er hier mit Bruce Lee trainiert, und natürlich über Musik.

Manchmal treffe ich ihn mit seiner Mutter Gladys, einer netten Frau. Sie ist 46 Jahre alt geworden und Elvis gerade mal 42. Gut daran findet Gladys nur, dass sie als Mutter vor dem Kind gestorben ist. Sie findet das normal, dabei gibt es hier eigentlich kein Normal oder Unnormal. Das sind nur Begriffe der Lebenden. Sie hätte sich schon gewünscht, dass der Junge – so nennt sie ihn – länger gelebt hätte. Schmunzeln müssen beide darüber, dass es Leute gibt, die versucht haben, seinen Leichnam aus dem Grab zu klauen. Er wurde ja neben seiner Mutter beerdigt. Sie lachen, weil der Körper überhaupt keine Rolle mehr spielt, wenn man tot ist. Damit können die Leute also machen was sie wollen, vollkommen egal, obwohl ich manchmal bei seiner Mutter eine gewisse Befriedigung darüber spüre, dass man beide später nach Graceland umgebettet hat. Dort haben sie jetzt ihren Frieden, denken die Leute.

Der Tod seiner Mutter hat ihn damals vollkommen umgehauen. Elvis erzählt, wie gut es ihm getan hat, gleich nach der Beerdigung seiner Mutter mit der Army nach Deutschland zu fahren. Das sei die perfekte Ablenkung gewesen. Na ja, und seine erste Frau hat er in Friedberg kennengelernt, aber über seine Frauen spricht er nicht viel. So philosophieren die beiden über ihr Leben und Sterben, und ich möchte nicht indiskret sein und dabei stören.

Da fällt mir was Interessantes ein: Seit ich tot bin, denke ich weniger über den Tod nach und dafür mehr über das Leben. Schon ein wenig komisch, oder? Und vor allem spät. Ich denke zum Beispiel darüber nach, was ein Leben wertvoll und lebenswert macht. Ich vergleiche dann mein Leben mit dem anderer und überlege, wer das bessere Leben hatte. Der Vergleich mit dem Granatenleben von Elvis, wie er es mir anfangs geschildert hat, fiel sehr eindeutig aus. Als ich ihm das einmal sagte, wir saßen wie immer in seinem Lieblings-Diner, schüttelte er den Kopf und erzählte mir, wie er sein Leben wirklich fand.

„Bullshit! Solange du auf der Bühne stehst, ist alles toll, ein Rausch. Und im Studio oder auf Parties mit den Jungs rumzuhängen, ist auch nicht schlecht. Aber sonst? Diese Einsamkeit, das Gefühl, nur auf der Bühne lebendig zu sein, was helfen da Graceland, Geld und der ganze Mist? Und mit niemandem willst und kannst du darüber sprechen. Was meinst du denn, warum ich mich vollgefressen und mit Medikamenten vollgestopft habe? Ich will dir mal eine Geschichte erzählen. Ein paar Jahre vor meinem Tod bin ich nach Tupelo gefahren, wo ich geboren bin und meine ersten Jahre verbracht habe. Da gab es fast nur Schwarze, und früher liebte ich es, mit ihnen rumzuhängen. So kam ich zur Musik. Aber ich fuhr nicht deswegen zurück. Ich verkleidete mich, damit mich keiner erkennen konnte, und schlich durch die altbekannten Straßen, um das echte Leben zu fühlen. Raus aus dem goldenen Käfig Graceland." Er schaute dabei in die Ferne, ins Nichts. Wir schwiegen kurz. Dann zog er einen Mundwinkel nach oben, bekam dieses wundervolle Grübchen und sagte schmunzelnd: „Es gab da einen Louis, einen schwarzen Nachbarsjungen, mit dem habe ich immer viel gespielt. Wir müssen etwa zehn oder elf Jahre alt gewesen sein. Er war ein netter Kerl und vor allem hatte er eine wunderschöne Schwester. Ihr Name war Lucie und ich war voll in sie verknallt. Wir haben einmal ..., aber das ist eine andere Geschichte. Ich wollte von Louis erzählen. Als ich also damals zurückfuhr, schaute ich bei dem inzwischen fast verrotteten Haus seiner Eltern vorbei.

Durch das schmutzige Gartenfenster sah ich Louis. Er war noch immer arm, hatte alte Klamotten an, und er lachte. Er lachte, wie nur Schwarze lachen können. Der ganze Kerl wackelte, hatte seinen Kopf in den Nacken gelegt, und die weißen Zähne strahlten wie eine weiße Lichterkette. Da sah ich, worüber er lachte. Ein kleines Mädchen, wohl seine Tochter, erzählte ihm etwas und gestikulierte dabei wild. Aus der Küche kam eine junge Frau dazu und lachte mit. Es wird seine Frau gewesen sein." Elvis musste bei dem Gedanken daran selbst lachen und sah mich mit Tränen in den Augen an. „Mein junger Freund, ich hätte alles, alle Goldenen Platten, alles Graceland dafür gegeben, nur um an Louis' Stelle zu sein." Eine Träne rann durch sein Grübchen die Wange hinunter. Dann klopfte er mir, was er anscheinend gern macht, auf die Schulter und sagte, er wollte mal nach seiner Mama schauen.

Was mir auffällt: Er spricht immer nur über seine Mutter, nie über seinen Vater. Ich muss hier viel an meinen Vater denken. Wann er genau gestorben ist, weiß ich nicht. Vielleicht, als seine Schwester an Tuberkulose starb und er nicht zur Beerdigung gehen konnte, vielleicht aber auch wirklich erst, als er an Bauchspeicheldrüsenkrebs erkrankte. Ich habe noch nicht mit ihm darüber gesprochen, drücke mich ein wenig davor. Weiß nicht genau warum, aber ich habe dafür ja noch genügend „Zeit". Ich muss an seine Einstellung zum Tod denken. Seine Meinung dazu war so eindeutig wie die zu vielen anderen Dingen. Er hat ihn verdrängt, sich nicht mit ihm befasst. „Bub", sagte er einmal zu mir, „warum soll ich mir mit trüben Gedanken das Leben vermiesen?" Selbst, als vor vielen Jahren seine Mutter starb, hat mein Vater zwar getrauert und gelitten, aber dann das Thema wieder beiseitegelegt. Er war der festen Überzeugung, dass es ihm etwas von seiner Lebensfreude nehmen würde, sich mit dem Tod zu befassen. Also beschloss er, sich erst mit dem Tod auseinanderzusetzen, wenn es soweit wäre. Und dann war es soweit. Er wurde krank und wusste, dass er bald sterben würde. Aber Sterben war für ihn nicht der Tod. Sterben war noch Leben, und darum blieb er sich treu und verdrängte konsequent weiter. Gespräche über den Tod wollte er selbst in seinen letzten Tagen und Stunden nicht führen. Ich weiß nicht, was er im Augenblick seines Todes dachte. Bereute er es, sich nicht mehr mit diesem Thema beschäftigt zu haben? Rieb er sich die Hände, weil er sein Leben lang nicht über den Tod nachgedacht hatte, sein Plan also aufgegangen war und er es so geschafft hatte, besser zu leben? Ist er deswegen leichter, besser, einfacher gestorben? War sein Leben schöner, sorgenfreier, glücklicher? Ich muss und werde ihn danach fragen!

Das erinnert mich daran, dass ich mal „Das Tibetische Buch vom Leben und vom Sterben" von dem buddhistischen Mönch Sogyal Rinpoche gelesen habe. Wie ich schon sagte, sieht der das als Buddhist ganz anders. Im Vorwort zu dem Buch schreibt der XIV. Dalai Lama ungefähr: Als Buddhist sehe ich im Tod einen normalen Prozess. Ich akzeptiere ihn als Realität, der ich so lange ausgesetzt bin, wie ich mich in weltlicher Existenz befinde. Da ich weiß, dass ich mich dem Tod nicht entziehen kann, sehe ich keinen Sinn darin, mich vor ihm zu fürchten. Da kann ich ihm jetzt nur recht geben. Auch mit ihm würde ich mal gerne sprechen, aber er lebt ja noch, also Geduld.

Meine Stimmung kippt gerade ein wenig, und mir wird etwas kalt, was mich ehrlich gesagt wundert. Ich hätte nicht gedacht, dass man hier frieren kann. Außerdem ist Elvis gerade gegangen.

Schade, ich wollte ihn fragen, was er vom Buddhismus gehalten hat. Ich frage ihn, wenn ich ihn das nächste Mal sehe.

Das Leben kennt keinen Konjunktiv

Familienalbum

Gestern bin ich gestorben, und seit gestern bin ich auf der Suche nach meiner Tochter. Sophie muss hier irgendwo sein. Was wird das für eine Freude sein, wenn ich sie endlich wieder in den Armen halten kann. Als Erstes werde ich ihr erzählen, wie unser gemeinsames Leben verlaufen wäre:

Sie macht ihre ersten Gehversuche und ich helfe ihr dabei, halte sie an beiden Händen fest. Ihre kleinen Beinchen wackeln stark. Ich darf sie nicht loslassen, sie braucht mich. Ich halte sie fest, aber nicht zu fest. Ich möchte ihr nicht wehtun. Wenn sie stolpert, stolpere ich beim Hinterhergehen auch. Sie lacht über mich. Sie fällt hin und weint, ich tröste sie.

Ihr erstes Wort kann ich zuerst nicht verstehen. Sie muss es wieder und immer wieder sagen, bis ich es endlich verstehe: „Bluma". Sie liebt Blumen. Zu ihrem 5. Geburtstag flechte ich ihr einen Kranz aus Butterblumen für ihr Haar. Sie trägt ihn wie eine Königin ihr Diadem. Sie umarmt mich ganz fest, drückt meinen Hals so fest zu, dass ich fast keine Luft bekomme. Ich wehre mich nicht. Ich kann ihr Haar riechen. Sie wird den Kranz nie wegwerfen und ihn noch ihren eigenen Kindern zeigen.

Den ersten Urlaub verbringen wir am Meer. Sie will nicht ins Wasser, nur auf meinem Arm, und wenn ihre Zehen das kalte Meerwasser berühren, schreit sie laut auf und strampelt, bis wir wieder an Land sind. Alle in dem kleinen griechischen Fischerdorf lieben sie. Alle staunen darüber, wie schön sie ist, wie blond ihr Haar.

Ich schicke sie nicht in den Kindergarten, ich traue den Kindergärtnerinnen nicht und den anderen Kindern schon gar nicht.

Wir gehen zusammen auf den Spielplatz und zum Sandkasten. Ich unterhalte mich nicht mit den Müttern der anderen Kinder, das lenkt nur ab. Ich möchte sehen, wie meine Tochter spielt, und vor allem aufpassen.

Als sie Fieber bekommt, mache ich ihr kalte Wickel um die Waden und schlafe bei ihr im Zimmer. Ich habe keine Angst, mich anzustecken. Ich arbeite viel nachts, um am Tag Zeit für sie zu haben. Ich schaue ihr beim Schlafen und Atmen zu. Ich kann nicht genug davon bekommen.

Sie ist stolz, als sie in die Schule kommt, sie strahlt über das ganze Gesicht und zeigt jedem ihre Schultüte. Ich bin noch stolzer als sie, aber mir ist nicht wohl dabei, sie in fremde Hände zu geben. Ich habe kein Vertrauen und mustere die Lehrerin mit Argwohn. Jeden Tag bringe ich Sophie zur Schule und kann es kaum erwarten, sie wieder abzuholen. Meine Angst, die anderen Kinder könnten sie hänseln und ärgern, macht mich krank. Ich möchte in ihre Schultasche kriechen, immer bei ihr sein, auf sie aufpassen. Mittags koche ich für sie. Ich kann nicht kochen, lerne es aber. Es macht mir Freude, wenn es ihr schmeckt. Ich helfe ihr bei den Schulaufgaben und lerne mit ihr. Abends kämme ich ihr das Haar und lasse mir genau erzählen, was am Tag alles passiert ist. Ich gebe keine Ruhe, bis ich alles weiß. Sie hat in der Nacht Angst und kann nicht schlafen. Ich schenke ihr einen Eisbären. Der passt auf sie auf.

Für die Schulaufführung braucht sie ein Marienkäferkostüm. Ich sage, dass ich ihr eins nähe, kaufe es dann aber lieber. Bei der Aufführung bin ich so früh da, dass ich einen Platz in der ersten Reihe bekomme. Ich filme nur sie. Von der Aufführung bekomme ich nur ihren Part mit.

Ich drücke mich davor, sie aufzuklären. Aber außer mir ist keiner da, der das übernehmen könnte, also mache ich es dennoch und werde rot dabei, was sie nicht merkt, weil ich so tue, als ob ich husten müsste.

Sie möchte Ponyreiten und ich ermögliche ihr das. Dann gibt es halt kein neues Auto, außerdem tut es der alte VW auch noch etwas länger. Ich weiß, sie muss Selbstvertrauen bekommen und ermuntere sie, sich auf ein richtiges Pferd zu setzen. Sie schafft es. Sie winkt mir zu. Ich lache, winke zurück und vergehe vor Angst, sie könnte hinunterfallen. Wenn sie auf dem Sattel hin und her rutscht und hinunterzufallen droht, zucke ich unwillkürlich mit den Armen, um sie aufzufangen. Die anderen Eltern lachen mich aus.

Ich finde Lippenstift in ihrer Schublade, weil ich ihr hinterherspioniere. Ich sollte das nicht machen, kann aber nicht anders. Sie flippt aus, argumentiert, jeder in ihrer Klasse schminke sich und außerdem sei sie schon 11 Jahre alt. Wenn ich es ihr verbieten würde, würden alle anderen sie auslachen. Ich muss an die Schönheitswettbewerbe für Kinder in den USA denken und verbiete es. Sie weint bitterlich, und ich werde weich.

Nachts im Bett nehme ich mir vor, strenger zu sein, gleich morgen. Daraus wird jedoch nichts.

Wir haben ein festes Ritual beim Fernsehen. Einer darf den Film aussuchen, der andere darf bestimmen, was es dazu zum Essen gibt. Dann machen wir das Licht aus wie im Kino, kuscheln uns unter eine Decke und genießen den Film. Wenn es aufregend wird, zittert sie ein bisschen, und ich drücke sie an mich.

Ich darf sie nicht mehr von der Schule abholen, sagt sie. Also beobachte ich sie heimlich. Ich sehe, wie sie an der Zigarette von einem Jungen zieht und hustet. Ich beschließe, mit gutem Beispiel voranzugehen und morgen mit dem Rauchen aufzuhören, und mache das auch. Es wird nichts nützen.

Sie interessiert sich nicht mehr so viel für mich. Sie hat jetzt Musik im Kopf und Jungs, für die sie schwärmt. Ich kann das nur vermuten, denn sie erzählt mir nicht mehr alles. Ich finde sie weinend in ihrem Bett. Ein Junge will nicht mit ihr gehen, und sie ist unsterblich in ihn verliebt.

Sie rückt damit nach und nach raus, von Schluchzern unterbrochen. Ich bin verständnisvoll, aber nicht überrascht, denn ich habe das schon längst beobachtet und aus ihrem Tagebuch erfahren. Gut, dass ich ihr Tagebuch lese, denke ich und erteile mir selbst die Absolution. Ich lade sie ins Kino ein und danach zu ihrem Lieblingsitaliener. Ich kann sie aufheitern. Ich habe noch Macht. Noch ist es nicht vorbei.

Ein Kollege von mir hat einen Herzinfarkt, und ich sorge mich, dass mir das auch passieren könnte. Dann könnte ich nicht mehr für meine Tochter da sein. Ich jogge jetzt jeden Morgen und esse viel Salat.

Wir lachen viel und haben Spaß.

Sie möchte mit mir zu einem Konzert von Robbie Williams. Ich möchte mit ihr in die Oper und Tannhäuser ansehen. Wir machen beides.

Sie hat ihren ersten Freund, und ich versuche tolerant zu sein. Er ist ganz nett, und ich frage ihn aus, bis meine Tochter dazwischengeht. Sie ist jetzt 16 Jahre und möchte abends weggehen. Nur am Wochenende, lege ich als Regel fest. Ich sage „bis 22.00 Uhr", sie sagt „open end" und ich solle Vertrauen haben. Wir einigen uns auf Mitternacht. Als sie nach Hause kommt und in die Wohnung schleicht, tue ich, als würde ich schlafen. Als ob ich hätte schlafen können!

Als ich merke, dass sie sich mehr und mehr abnabelt, hat sie sich schon längst verabschiedet. Ich merke es viel zu spät, weil ich immer noch das kleine Mädchen mit den blonden Zöpfen in ihr sehe.

Zur Abiturfeier bindet sie mir die Krawatte, weil ich das nicht kann, ich trage ja nie eine. Ich erinnere mich daran, dass ich ihr noch die Schuhe zubinden musste, als sie schon in die Schule ging. Ich bin glücklich.

Sie könnte studieren, was sie möchte, weil sie einen sehr guten Notendurchschnitt hat, aber sie möchte nicht gleich studieren, sondern die Welt sehen: Work and Travel in Australien. Mir zieht es das Herz zusammen, aber ich spüre, dass sie diese Reise und den Abstand braucht, und lasse sie gehen. Es werden acht lange Monate für mich. Sie ruft an und sagt, sie hätte kein Geld mehr und so einen Hunger. Ich rase zur Bank am Hauptbahnhof und überweise sofort telegrafisch Geld. Es ist nicht das einzige Mal. Sie kommt gesund zurück und voller Ideen. Sie möchte Brücken bauen und erst mal Architektur studieren – in Barcelona. Ich kratze unser ganzes Geld zusammen. Es geht, auch wenn sie in Spanien nebenher jobben muss. Sobald sie weg ist, beginne ich, Spanisch zu lernen. Ich möchte sie besuchen.

Im Studium lernt sie einen Münchener kennen und lieben. Er passt sehr gut zu ihr, das muss ich zugeben. Die beiden ziehen zusammen in die Georgenstraße nach Schwabing, aber ich sehe sie oft.

Eines Tages überraschen sie mich damit, dass Sophie schwanger ist. Ich freue mich mit den beiden und finde, es wäre ein guter Zeitpunkt zu heiraten. Die beiden finden das nicht. Ich möchte mich nicht einmischen. Ihr Bauch wird immer dicker, und da wir wissen, dass es ein Junge wird, kaufe ich schon mal die wichtigsten Sachen ein wie Autos, Carrerabahn, Star-Wars-Lesebuch und so weiter. Die beiden schütteln den Kopf, lächeln und lassen mir meinen Spaß. Ich bin gerührt, als sie mir erzählen, dass der Bub Georg heißen soll, nach meinem Vater und weil er in der Georgenstraße gezeugt wurde. Ich gehe an das Grab meines Vaters und erzähle ihm die Neuigkeit. Er war nie rührselig, aber er freut sich doch, das spüre ich.

Seit Georg da ist, bin ich wieder Babysitter. Die beiden arbeiten viel, und ich bin in meinem Element, nur bin ich diesmal noch egoistischer und nur darauf bedacht, eine schöne Zeit mit meinem Enkel zu haben. Zähneputzen, das kann man locker mal auslassen. Noch ein Eis? Ich nehme auch noch eines. Das coole Fahrrad mit der 10-Gang-Schaltung? Braucht er unbedingt. Selbstverständlich kann er nicht in unmodernen Klamotten in die Schule gehen, und der unverschämt teure Schulranzen ist immerhin Test-sieger.

Ich sehe ihn aufwachsen und erlebe viele schöne Dinge, die ich schon mit meiner Tochter erlebt habe. Ich habe viel Glück mit meinem Schwiegersohn. Er ist gut zu meiner Tochter und ein liebevoller Vater.

Ich werde älter, und beim zweiten Kind, wieder ein Junge, fällt mir das Aufpassen schon etwas schwerer. Ich mache es dennoch gern. Ich werde noch älter, und meine Tochter muss sich um mich kümmern. Ich werde nicht in ein Altersheim gehen.

Ich beschäftige mich zum ersten Mal wirklich mit dem Tod. Ich weiß nicht, was nach dem Leben kommt. Es wird schon nicht so schlimm sein, habe ja schon ganz anderes bewältigt. Außerdem hatte ich ein schönes, erfülltes Leben. Mehr geht nicht.

Manchmal wünsche ich mir, nicht zu leiden, aber ich weiß nicht, an wen ich meinen Wunsch richten soll. Gläubig bin ich nicht. Ich habe Glück und muss nicht leiden, schlafe friedlich ein und merke gar nicht, dass ich sterbe. Dann erlebe ich eine Überraschung: Ich hätte nie gedacht, dass es nach dem Leben so schön weitergeht.

So sah ich das Leben mit meiner Tochter, und so sah ich mein Leben. Das war der Plan. Nur gibt es im Leben kein „wäre" und „hätte". Susanne hat gesagt, meine Tochter wäre noch gar nicht richtig im Leben gewesen. Für mich war sie es schon. Und wenn man schon mal am Leben ist, dann sollte man die Chance bekommen, zu leben, bevor man stirbt, oder etwa nicht? Jetzt ist alles vorbei, auch für mich, und trotzdem finde ich meine Tochter nicht. Verdammt noch mal! Vielleicht liegt es an den Blitzen, dass ich sie nicht finden kann. Wenn die nur aufhören würden. Es nervt.

Ich muss an Susanne denken. Konstantin Wecker sang damals, genau auf den Punkt: „Uns ging die Liebe wie ein Taschentuch verloren." So war das wohl. Ich habe es nur zu spät bemerkt, und als Susanne schwanger wurde, sah ich darin unsere Rettung. Was kann ein größerer Liebesbeweis sein als ein gemeinsames Kind? Ist mir deswegen das Sterben so leichtgefallen, weil ich keine Liebe mehr spürte und keine Liebe mehr bekam? Klammern sich Liebende viel mehr ans Leben, oder schützt Liebe vor der Angst vorm Tod?

Um das zu klären, spreche ich am besten mit einem, der sich in Liebesdingen auskennt, einem, der sein Leben lang in Liebe gebadet hat, einem echten Playboy also, einem Casanova. Ach, warum mit sonst einem? Warum nicht gleich mit Giacomo Girolamo Casanova persönlich?

Der Tod hat auch seine Nachteile

Casanova über die Liebe

Ein kleiner Angeber ist er schon, das sieht man auf den ersten Blick. Etwas zu eitel, etwa zu geleckt, wie er da mit seiner akkurat sitzenden, weißen Perücke in perfekt passender Garderobe aus feinster bestickter Seide im venezianischen Salon sitzt. Gut, den Raum habe ich ausgesucht, das kann ich ihm schlecht vorwerfen, aber er sitzt nicht einfach nur da, er präsentiert sich. Er ist auf der Bühne. Er hält Hof. Dieser aufgemalte Schönheitsfleck und wie er mich mit übertrieben charmantem Lächeln auffordert, zu ihm zu kommen! Aber gut, ich wollte ja ihn sprechen, also sollte ich tolerant sein. Noch bevor ich bei ihm bin, begegnet mir sein Parfüm.

„Setzen Sie sich, mein Lieber!" Eine großzügige, übertrieben freundliche Geste mit beiden Armen lädt mich ein, neben ihm auf der Bank Platz zu nehmen. Er schaut mir dabei ganz offen mit einem auffordernden Lächeln und ohne zu zwinkern in die Augen. Das hat schon was, das muss ich zugeben. Der Kerl weiß, wie man Leute für sich gewinnt.

Zuvorkommend und galant, wenn auch etwas steif, eröffnet er das Gespräch: „Wie gefällt es Ihnen hier? Haben Sie sich schon ein wenig ‚eingelebt'?"

Ich antworte ihm, dass ich schon etwas überrascht bin, wie es hier ist, und wie erstaunlich ich es finde, welche Möglichkeiten sich einem hier bieten.

Aufmunternd nickt er mir zu und erwidert: „Nicht wahr? Das hat schon eine ganz eigene Qualität! Ach, wen habe ich nicht schon alles hier getroffen! Leute, die ich eine Ewigkeit", hier kichert er in sein schnell gezücktes Taschentuch und verdreht die Augen, „nicht mehr gesehen habe. All die Päpste zum Beispiel. Was war das für ein reizendes Wiedersehen mit Benedikt XIV. Wir haben sämtliche alten Geschichten wieder aufgewärmt, darüber, wie wir uns damals in Rom amüsiert haben. Er erlaubte mir seinerzeit, verbotene Bücher zu lesen und einiges mehr." Er wedelt leicht mit dem Taschentuch, legt den Kopf kurz in den Nacken und macht ein vielsagendes Gesicht. „Mit Clemens XIII. war es anders, der war spröde. Zum Lachen ging er in die Krypta." Wieder gibt er dieses etwas mädchenhafte Lachen von sich. „Aber um Gottes willen, ich langweile Sie mit meinen alten Geschichten und halte Sie auf, dabei haben Sie doch nun wirklich Wichtigeres zu erledigen. Darf ich fragen, wie sich die Suche nach Ihrer ehrenwerten Tochter gestaltet?"

Ich bin zugegeben etwas baff. „Woher wissen Sie denn davon?", erkundige ich mich neugierig.

„Ach, wissen Sie, mein Lieber, so etwas spricht sich hier schnell herum. Und glauben Sie mir, glauben Sie mir, mein Verehrtester, ich verstehe Sie. Mir ging es ähnlich. Ja, wirklich. Wenn Sie erlauben, gebe ich Ihnen einen kleinen Einblick in mein Leben. Sie haben von Zar Paul I. gehört?"

Da muss ich wohl in der Schule gefehlt haben. Ich mache eine vage Kopfbewegung.

„Er ist der Sohn von Katarina der Großen und von – na? Nein, nicht ihrem Gemahl, Peter III., selbst wenn der es sein Leben lang glaubte, und auch der gute Graf

Saltykow ist nicht der Vater. Warum hätte ihn Katarina denn sonst noch vor der Geburt nach Schweden senden sollen? Nein, mein Freund, der wirkliche Vater von Zar Paul I. sitzt Ihnen gegenüber." Dabei deutet er mit der linken Hand stolz von seinem Kopf an abwärts auf seinen ganzen Körper. Er beugt sich ein wenig nach vorn und verrät mir verschwörerisch: „Böse Zungen bezweifeln das selbst hier noch und meinen, ich könnte nicht der Vater sein, weil wir uns erst viel später getroffen hätten, aber das ist Unsinn. Kata und ich, wir wissen es sicher. Na ja, obwohl ich bei den vielen Liebhabern, die sie hatte, anfangs etwas skeptisch war. Ach, war das eine schöne Zeit mit ihr. Die vielen Anekdoten, die vielen amourösen Abenteuer, von denen wir uns gegenseitig zu erzählen hatten. Herrlich. Wir waren aus demselben Holz geschnitzt. Wir waren einmal – aber entschuldigen Sie, ich schweife wieder ab. Ich wollte auf unsere Gemeinsamkeit in Bezug auf unsere Kinder zu sprechen kommen. Nun, ich erfuhr von Katarina, dass sie schwanger und ich der Vater des Kindes sei. Es stand nie zur Diskussion, das öffentlich zu machen, darüber waren wir uns im Klaren. Aber – nennen Sie es Vaterliebe, nennen Sie es romantisches Pflichtgefühl – als der kleine Racker auf die Welt kam, wollte ich ihn aufwachsen sehen. Ich weiß, ich weiß, ich habe viele Kinder gezeugt, aber bei diesem war es irgendwie anders. Und was macht meine liebe Katarina? Gibt ihn sofort nach der Geburt weg zu seiner Großtante, der Kaiserin Elisabeth Petrowna. Was sagen Sie dazu?!

All meine Träume, in denen ich miterlebe, wie er gehen und sprechen lernt, wie ich mit ihm spiele, ihm das Reiten beibringe und ihm zeige, wie man die Frauen bezirzt – alles ist mit einem Schlag vorbei. Natürlich habe ich alles darangesetzt, zu meinem Kind zu kommen, aber es wurde mir verwehrt. Keine Chance. Selbst ein Entführungsversuch schlug fehl. Es war zum Verzweifeln und dauerte Jahre, bis ich darüber hinwegkam. Glücklicherweise verstanden viele Frauen meine Pein und trösteten mich. Schlimm war es, als ich erfuhr, was für ein reizbarer, aufbrausender und uncharmanter Kerl mein Paul wurde und was für ein schlechter Zar, als Katarina gestorben war. Kinder entwickeln sich nicht immer, wie die Eltern sich das wünschen, mein Freund. Paul war jedenfalls eine einzige Enttäuschung für mich. Ich konnte nicht stolz auf ihn sein und wäre es doch so gerne gewesen. Als ich dann hier erfuhr, dass er drei Jahre nach meinem Tod ermordet worden ist und sein Sohn Alexander das geduldet hat, da hat mir das schon zu denken gegeben. Was wäre gewesen, wenn ich ihn erzogen und ihm meine Werte mitgegeben hätte? Vielleicht hätte er ein besseres, leichteres Leben gehabt, und ein längeres. Jedenfalls habe ich mein Kind zu Lebzeiten gesucht und nicht gefunden, und Sie scheinen Ihres hier zu suchen und nicht zu finden."

Ich sehe das komplett anders, sage es ihm aber nicht. Von meiner Tochter hätte ich mich selbstverständlich nicht trennen lassen und hätte sie zu einer außerge-wöhnlichen Frau erzogen – höflich, gebildet, aufmerksam, selbstsicher, verantwortungsbewusst. Sie hätte mir jeden Tag genügend Gründe gegeben, auf sie stolz zu sein. Ich möchte Casanova gegenüber aber nicht unhöflich sein und versuche, das Gespräch in die Richtung zu bringen, die mich interessiert. Ich beginne mit einer versöhnlichen Floskel: „Ja, so ist das Leben. Es ist nicht gerecht."

„Nicht gerecht?", erwidert Casanova. „Natürlich ist es nicht gerecht. Aber deswegen darf man nicht gleich die Flinte ins Korn werfen und aufgeben."

„Was meinen Sie mit aufgeben? Sich umbringen?", frage ich.

„Genau das meine ich. Schauen Sie, selbstverständlich darf man mit dem Gedanken spielen, sich umzubringen. Das hat doch fast jeder schon mal gemacht, sich vorgestellt, was an seinem Grab gesprochen wird und so weiter. Ich hatte mich mal in England unsterblich in ein junges Mädchen verliebt, und es erwiderte meine Liebe nicht. Da war ich verzweifelt, ja, habe keinen Sinn mehr im Leben gesehen. Ich habe mir überlegt, mich umzubringen, ja, aber natürlich nur überlegt. Wenn sich jeder umbringen würde, dem Unrecht geschieht, dann wäre es bald ganz schön voll hier." Er lächelt, schüttelt kurz den Kopf und fährt fort: „Ich versuche, es Ihnen anhand eines kleinen Beispiels zu verdeutlichen, wenn Sie erlauben. Wegen eines unglücklichen Geschehnisses, auf das ich hier nicht näher eingehen möchte, wurde ich in Venedig in die Bleikammern gesteckt – ein sehr, sehr unwirtlicher Ort, wie Sie sich denken können. Nach 15 Monaten in meiner winzigen Kammer, in der ich nicht einmal aufrecht stehen konnte, war ich verzweifelt. Es gab eigentlich keinen Grund mehr, zu leben. Viele hätten hier vielleicht nicht gleich den Tod gefunden, gestorben aber wären sie sicherlich. Nicht jedoch ein Casanova. Ich habe noch immer Hoffnung gehabt, noch immer den Willen verspürt, zu leben. Diesen Silberstreif am Horizont muss man immer vor Augen haben in finsteren Zeiten und in einsamen Zellen. Wenn man ihn nicht sehen kann, weil alles um einen herum dunkel ist, dann muss man ihn sich eben denken. Einzig das hielt mich am Leben – der Gedanke an Flucht, also dass sich meine Situation von Grund auf ändern könnte. In nahezu jeder Lebenslage, das ist zumindest meine Erfahrung, gibt es eine Chance auf Flucht, einen Weg zur Rettung. Bei mir war es ein achtlos weggeworfenes Stück Eisen auf dem Dachboden des Gefängnisses, das ich bei meinem täglichen Ausgang aufhob. Damit konnte ich die Tür zu meiner Nachbarzelle öffnen und auf das Dach des Dogenpalastes und damit letztlich in die Freiheit gelangen. Dieses Stückchen Eisen gibt es in jeder Lebenssituation. Verstehen Sie, was ich meine und warum ich Ihnen diese kleine Anekdote erzähle? Jeder kann gerettet werden."

Puh, das läuft nicht gerade in die Richtung, die ich mir gewünscht habe. Casanova sollte doch verstehen, dass man aus Liebe alles aufgeben oder opfern kann und sogar muss. Daher hake ich nach: „Aber gerettet werden kann nur, wer noch einen Grund zum Leben sieht, oder? Nur, wer sich auf etwas freuen kann und wer nicht allein ist!"

„Sie sprechen von der Liebe?" Casanova sieht mich mit hochgezogenen Augenbrauen an.

„So ist es. Von der Liebe. Damit kennen Sie sich doch aus. Sie haben ihr Leben lang geliebt und sind geliebt worden. Liebe rechtfertigt alles, auch den freiwilligen Tod!" Ich bin richtig in Fahrt gekommen. „Wer wahrhaftig liebt, der stirbt gern und leichter. Ist es nicht so?"

Casanova sieht mich etwas verwundert, fast mitleidig an: „Ob ich leichter gestorben bin, weil ich geliebt habe? Ich habe leichter gelebt, mein Verehrtester. Sie konzentrieren sich zu stark auf den Tod und verlieren dabei das Leben aus den Augen, fürchte ich. Der Tod ist doch nicht das Ziel des Lebens. Ich habe mich, solange ich gelebt habe, nie für den Tod interessiert. Leben ist die Zeit der Freude, des Lachens, auch der Tränen, des Leidens, der Zuversicht, des Versagens, und ja, vor allem der Liebe. Nehmen Sie mein bescheidenes Dasein. Ich habe das Leben nicht immer genossen, aber ich habe es jede Minute gespürt. Wenn es nicht nach Plan lief, war es mir besonders wertvoll. Bei einem Duell wurde ich einmal schwer verletzt, und es gab nur wenig Hoffnung. Genau in diesem Moment wollte ich mehr als je zuvor leben und habe das Leben intensiver gespürt als bei jeder Liebelei. Das war wesentlich! Schauen Sie uns hier an. Tot sein werden wir ewig, aber leben können wir nur eine bestimmte Zeit."

Casanova ist der Erste hier, bei dem ich das Gefühl habe, dass er lieber noch leben würde. Er legt seine Hand ganz sachte auf mein Bein und sagt: „Ich fürchte, Sie wissen nicht, was Liebe wirklich ist. Ich möchte versuchen, es Ihnen zu erklären und Ihnen aufzuzeigen, wann ich geliebt habe. Vielleicht finden Sie sich selbst in meinen Erinnerungen wieder. Liebe ist, an der Hand der Mutter zu gehen, ihren sicheren Händedruck zu spüren, das Glück, nicht allein zu sein. Liebe ist, mehr geben als nehmen zu wollen. Liebe ist, bei einem Kartenspiel mit den besseren Karten absichtlich zu verlieren, um den Glanz in den Augen des Gewinners zu genießen. Liebe ist eine Musik, die einen zu Tränen rührt. Liebe ist Hoffnung, Zuversicht, Glaube und vieles mehr. Liebe ist demnach der Sinn allen Lebens. Liebe ist das Ziel, nicht der Tod. Meinen Sie, Sie zeigen Ihrer Tochter Ihre Liebe, indem Sie sich umbringen? Was denken Sie, wird Ihre Tochter sagen, wenn Sie sie endlich finden? Wird sie Ihnen dankbar sein und sich freuen? Oder wird sie, wenn sie ihren Vater wirklich liebt, nicht traurig sein, dass er für sie auf so viel verzichtet hat? Auf ein ganzes Leben? Ohne Ihnen zu nahe treten zu wollen, lautet meine Frage an Sie: Verwechseln Sie nicht vielleicht Liebe und Egoismus? Wem zuliebe haben Sie sich umgebracht? Um Ihrer Tochter oder um Ihrer selbst willen?"

Ganz ehrlich: So nett dieser Mann auch ist, ich finde, er nimmt sich ein bisschen viel heraus. Er solle mal nicht vergessen, dass er nur meinetwegen hier sitzt.

Egoismus? Unsinn! Ein Opfer habe ich für meine Tochter gebracht. Meine Tochter wird nicht traurig sein, sie wird sich freuen. Glücklich wird sie sein, dass ich bei ihr bin und sie bei mir. Gerade von Casanova hätte ich mehr Verständnis erwartet. Ich bin wirklich enttäuscht. „Ich verwechsle hier nichts", blaffe ich ihn an. „Ich glaube eher, Sie bringen hier einiges durcheinander."

„Oh je, jetzt habe ich Sie doch verärgert. Das tut mir von ganzem Herzen leid. Das lag mir wirklich fern. Ich habe nur so offen gesprochen, weil ich mir dachte: Was machen Sie eigentlich schon hier? Als ich Ihre Geschichte von den anderen hier hörte, insbesondere von Ihrem verehrten Herrn Vater, da war mein Gefühl: Er hat doch noch gar nicht gelebt, noch gar nicht genug geliebt, gelitten und gelacht. Das alles hier ist schön und gut, kein Schmerz und Leiden mehr, aber verglichen mit dem Leben? Mon dieu! Das Leben ist schon eine wahre Belohnung. Verzeihen Sie also meine Direktheit. Ich habe das Leben einfach so sehr geliebt."

„Moment mal, Sie haben mit meinem Vater gesprochen?"

„Ich war so frei. Ein interessanter Mann, sehr gebildet. Es war ein Vergnügen. Er wartet und freut sich übrigens darauf, sie zu treffen."

„Klar, ich weiß. Danke", stammele ich etwas verlegen. Ich wollte ja auch unbedingt mit meinem Vater sprechen, aber will mich erst etwas sicherer hier fühlen, besser auf dieses Treffen vorbereitet sein. Mich beschäftigen sowieso wieder diese komischen Blitze.

Das Leben zu zweit ist schöner

Die Mutter meiner Tochter

Gestern bin ich gestorben. Trotzdem muss ich noch an Susanne denken, denn mit ihr, mit der Liebe, hat die ganze Geschichte ja angefangen.

Wir haben uns in Schwabing auf einem dieser stinklangweiligen Feste von Christoph das erste Mal getroffen. Kein Mensch will da wirklich hingehen, aber irgendwie schafft es Christoph immer wieder, seine Bude in der Schellingstraße vollzubekommen. Und jedes Mal, wenn man sich unter irgendwelchen Vorwänden davongeschlichen hat, schwört man sich, das nächste Mal wirklich nicht mehr hinzugehen.

Susanne stand neben Karin, einer ehemaligen Freundin von mir, und schien sich prächtig zu amüsieren. Sie trug ein schwarzes T-Shirt mit der Aufschrift „I'm the answer" und Jeans. Ihre gerade Haltung kombiniert mit der Blässe ihres Gesichts ließ sie irgendwie aristokratisch aussehen. Sie trug ihre schwarzen Haare kurz geschnitten, mit einem sehr langen Pony, der ihr dauernd ins Gesicht fiel. Ich stehe ja eigentlich auf Blond. Sie war klein, aber nicht zart, sondern knackig, hatte ein paar Sommersprossen, aber nicht viele und nur um die Nase. Ihr Mund war zum Lachen und Küssen geschaffen. Sie trank Weißwein und sie lachte. Ich glaube, ich war eifersüchtig auf ihr Lachen, wollte etwas davon haben, wollte ihr Lachen schmecken, ihr Lachen trinken. Susanne warf den Kopf zurück und strich eine Haarsträhne aus ihrem Mund, und es gefiel mir. Sie gefiel mir. Sie hatte perfekte Zähne, redete wenig, hörte mehr zu. Ich wurde immer unruhiger, wollte sie anfassen und sehnte mich danach, ihre

Stimme zu hören. Noch ein Gin Tonic, und ich war bereit, ging auf sie zu, stand plötzlich vor ihr.

Susanne sah mich mit großen Augen freundlich an und fragte nur: „Ja?"

Ich war sprachlos, überwältigt. Von Nahem war sie noch umwerfender. Ich nahm sie schweigend an der Hand und zog sie sanft aus der Wohnung. Sie wehrte sich nicht.

Wir standen auf der Straße.

„Und jetzt?" Sie strahlte mich an, schaute mir direkt in die Augen, offen, ohne Zweifel, ganz in diesem Augenblick lebend.

„Zum Siegestor, die Nacht bejubeln!", rief ich.

Selten habe ich mich blöder angestellt, aber ich wollte ihr Lachen nicht verlieren und die Gin Tonics taten ein Übriges. Plötzlich war ich wie aufgedreht. Hand in Hand liefen wir die Türkenstraße entlang, vorbei am Arri, rechts in die Akademiestraße und über die Leopoldstraße hinüber zum Siegestor, ohne auf die Autos zu achten und beide außer Atem.

Sie rief so laut sie konnte: „Nacht! Wir sind gekommen, um dich zu bejubeln!"

Ich musste lachen, und dann musste ich sie küssen. Sie schmeckte nach Frühling, und das war sehr vielversprechend.

Susanne ist Krankenschwester in der Onkologie im Krankenhaus Rechts der Isar. „Vielleicht lachst du deswegen so gerne", habe ich ihr manchmal gesagt, „weil es für dich dort so wenig zu lachen gibt." Sie selbst sah das anders. Bei einem Glas Rioja im

Englischen Garten sagte sie einmal: „Ich mache den Job nicht, weil er gemacht werden muss, sondern weil ich ihn gern mache. Menschen sterben zu sehen, macht mir nichts aus – nicht mehr. Ich werde dir mal was über das Sterben verraten. Weißt du, jeder stirbt anders. Jeder hat sein eigenes Sterben. Ich teile sie in verschiedene Gruppen ein. Die Kämpfer glauben, dem Tod ein Schnippchen schlagen zu können. Sie kämpfen nicht um ihr Leben, sondern gegen den Tod. Sie verstehen nicht, dass auch sie einmal sterben müssen – sterben werden. Der Kampf hat bei ihnen schon lange vor der Krankheit oder vor dem Alter begonnen. Sie rauchen nicht, ernähren sich vernünftig und gehen regelmäßig zur Vorsorgeuntersuchung. Wenn es dann so weit ist, schauen sie mich und die Ärzte ganz ungläubig an, als würden wir nicht begreifen, dass es gerade sie nicht erwischen sollte. Kurz vor dem Tod verstehen sie es dann und werden ganz ruhig.

Die Realisten sind auf den ersten Blick die angenehmsten Patienten. Meist sagen sie, alles sei in Ordnung, sie hätten ein tolles, erfülltes Leben gehabt. Gut, hier und da hätte es besser laufen können, und den ein oder anderen Traum hätten sie noch. So sei das Leben nun mal, es ende mit dem Tod. Manche von ihnen wollen es dann aber, wenn es letztlich ernst wird, nicht wahrhaben und klammern sich verzweifelt ans Leben.

Die Gläubigen haben es meiner Meinung nach am einfachsten. Für sie ist der Tod nicht das Ende, denn für sie geht es danach ja weiter. Allerdings denken viele von ihnen, ihr Leben vor dem Tod wäre ausschlaggebend dafür, wie es danach weitergeht. Darum geht ihnen mehr im Kopf herum: Habe ich in meinem Leben jemandem geschadet? Welche Sünden habe ich begangen? Was muss ich beichten? Habe ich ein reines Gewissen? Sie quälen sich also nicht mit der Frage, ob da überhaupt etwas nach dem Tod kommt, sondern mit damit, wie gut das ‚Leben' nach dem Tod sein wird. Sie brauchen weniger unsere Betreuung, sondern mehr die Anwesenheit eines Geistlichen und ihre Bibel.

Die Überraschten haben insgeheim nicht damit gerechnet zu sterben. Sie sind davon ausgegangen, dass es, warum auch immer, gerade sie nicht erwischt, sie ewig leben werden, unsterblich sind. Die Nachricht, dass sie bald sterben werden, haut sie um. Sie müssen sich mit dieser neuen Situation erst mal auseinandersetzen. Meistens schütteln sie im Nachhinein den Kopf über ihre Naivität, finden aber auch, dass sie mit dieser Einstellung ganz gut gelebt haben.

Die Enttäuschten fühlen sich vom Leben betrogen – ums Leben betrogen. Ihrer Meinung nach ist in ihrem Leben nichts so gelaufen, wie sie es wollten. Sie blicken auf lauter verpasste Chancen zurück, vielleicht, weil sie zu all dem nicht in der Lage waren oder weil sie jetzt zu jung sterben müssen und darum bestimmte Dinge nie tun oder haben können, also Kinder bekommen, ihre Enkel sehen, Rockstar werden, Ferrari fahren und so weiter. Andere denken, dass sie mit dem Beruf, der Familie, dem Geld Pech gehabt hät-ten. Sie fühlen sich ungerecht behandelt. Sie sagen, der Tod sei ja schön und gut, aber davor hätten sie gern ein Leben gehabt – am besten genau so eines, wie sie es sich vorgestellt haben.

Letztlich gibt es dann noch die Gruppe der Ehrlichen. Sie haben keinen Glauben, schließen ihn aber nicht aus. Ihr Gefühl sagt ihnen, das dies nicht alles gewesen sein kann und da noch was kommen muss, aber sie können es nicht beweisen. An guten Tagen denken sie, ich lasse mich einfach mal überraschen. An schlechten Tagen haben sie Angst. Manchmal beneiden sie die Gläubigen, manchmal schütteln sie den Kopf über so viel Naivität. Manchmal sind sie realistisch und akzeptieren den Tod als natürliche Folge des Lebens. Manchmal denken sie an die verpassten Gelegenheiten in ihrem Leben. Manchmal erfreuen sie sich an dem, was sie gehabt haben.

Die Ehrlichen sind mir am liebsten. Eines aber haben sie interessanterweise alle gemeinsam: Am Anfang haben alle Angst vor dem Tod, ob sie es nun zugeben oder nicht. Zum Schluss wollen sie dann alle sterben. Das klingt eigenartig, aber es ist so. Am Ende sehnen alle den Tod herbei und schließen ihren Frieden, wenn du so willst. Ich selbst habe keine Angst, wenn ich an den Tod denke. Das liegt an meinem Vater. Er ist gestorben, als wir zusammen auf seinem Boot in der Ägäis waren. Herzinfarkt. Er hat vor Schmerzen geschrien, ich vor Angst. Und dann ist er ganz ruhig geworden. Ich habe ihn in die Arme genommen, und er hat noch was von schön und Ruhe und Werft den Anker gesagt und ist gestorben. Da habe ich zu schreien aufgehört und mich richtig gut gefühlt, wie befreit. Damals hat er mir die Angst vorm Sterben genommen, auch vor meinem eigenen."

Vielleicht war es dieser Realismus, dieser Mut, gepaart mit dem Lachen, weswegen ich mich in sie verliebt habe. Sie hat mir vieles leichter gemacht. Anfangs. Ich habe übrigens versucht, ihren Vater hier zu treffen, habe ihn aber noch nicht gefunden. Macht nichts, ich habe ja jetzt „Zeit".

Acht Wochen nach der Party sind wir in die Kaulbachstraße schräg gegenüber vom AFN gezogen. Damals haben wir noch viele verrückte Sachen gemacht, sind viel ausgegangen und hatten jede Menge Freunde. Na ja, Freunde, was heißt das schon? Für mich waren es eher Schmarotzer und Zeitdiebe.

Oft saßen wir am Fenster und hörten meine alten Konstantin-Wecker-Platten. Sie mochte Wecker nicht besonders, Massive Attack und so ein Zeug waren nach ihrem Geschmack, darum hatten wir einen Deal: Wer kocht, darf bestimmen, welche Musik wir hören. Unfair war nur, dass sie beim Kochen nie etwas unter der Schürze trug und ich es darum liebte, ihr beim Kochen zuzusehen. Das gefährdete Konstantin Wecker, auch wenn ich glaube, er hätte aus tiefstem Herzen Verständnis dafür gehabt, dass ich ihn in diesem Fall vernachlässigte. Sie war ein Biest, aber großzügig, und daher kam ich trotzdem ab und an zu meinem Konstantin Wecker am Fenster, obwohl sie kochte. Viel sehen konnten wir nicht. Nur wenn wir uns ganz weit hinauslehnten, spiegelte sich ein kleines bisschen vom Englischen Garten in den gegenüberliegenden Fenstern. Ach, ich liebte es, am Fenster zu sitzen und die Leute zu beobachten. Und Konny sang dazu: „Ich sitz regungslos am Fenster, ein paar Marktfrauen handeln sich ein Lächeln ein. Irgendwo da draußen pulst es, und ich hab es satt, ein Abziehbild zu sein …"

Wie man unser Zusammenleben am besten beschreiben kann? Vielleicht, wenn man sich unser gemeinsames Leben im Schnelldurchlauf anhand typischer Szenen ansieht.

Spaß. Ich hole Susanne das erste Mal vom Spätdienst ab. Die Bank auf dem Flur ist hart. Ich bin extra spät gekommen, damit ich nicht warten muss. Das ganze Krankenhaus ist wie leergefegt, niemand auf den Gängen. Gern hole ich Sie nicht ab. Ich hasse Krankenhäuser, und sie weiß das. Abends ist es eigentlich noch bedrückender, finde ich. Susanne findet es viel angenehmer und friedlicher, so ohne Hektik. Ich sage, friedlich kommt von Friedhof, und genau daran muss ich hier immer denken. Ich bin nie gerne auf den Friedhof gegangen, und schon gar nicht in der Nacht. Wenn ich schon damals gewusst hätte, was ich seit gestern weiß …

Eine Tür öffnet sich langsam und ein undefinierbarer Schatten kommt heraus und spiegelt sich auf dem Flur. Ich erschrecke, denn für mich sieht es aus, als würde jemand aus seinem Grab steigen – so ein Blödsinn kann einem wirklich nur in dem Kopf kommen, wenn man noch lebt –, aber es ist nur der

Arzt, und direkt hinter ihm kommt Susanne. Sie schwebt vorbei wie ein Engel, zwinkert mir frech zu und sagt, sie müsste noch mal die 14 checken, Darmkrebs, Endstadium. Ich lächle, dabei dreht sich mir der Magen um. Warten. Minuten, die sich wie Stunden dehnen, vergehen. Sie kommt aus Zimmer 14, geht an mir vorbei, schaut mich nicht an, sondern zieht sich kurz vor dem Schwesternzimmer den weißen Kittel hoch bis über ihren Hintern. Sie hat nichts drunter. Ich lache und bekomme einen Ständer, in einem Krankenhaus! Manchmal konnte Susanne mit mir machen, was sie wollte, nicht nur mich zum Lachen bringen.

Vertrautheit. Wir gehen im Englischen Garten spazieren, im Regen. Bei Sonne spazieren zu gehen, ist was für Rentner und Familien mit Kindern, sagt Susanne. Sie zieht sich meine Barbour-Jacke an, wir brauchen keinen Schirm. Wir laufen durch die Pfützen und den Hügel zum Monopteros hinauf und frieren. Es ist Spätsommer. Ich rezitiere Konstantin Wecker: „Meine Frau wollte heute ausgehen!" Susanne lacht, Regentropfen laufen über ihr Gesicht. Den Hügel hinunter fallen wir mehr, als dass wir laufen. Der Regen wird immer heftiger. Rüber zum Chinesischen Turm und dann einen Schluck aus dem Flachmann von meinem Vater. Uns wird warm. Ein Jogger kommt vorbei, konzentriert, schnaufend, lächerlich. Wir nehmen die Abkürzung über die Königinstraße zurück. Zu Hause duschen wir. Ich habe Lust auf sie, und ich weiß, sie

hat Lust auf mich, aber sie sagt: „Jetzt sei kein Spie-
ßer."

Freunde zu Besuch. Susanne – angezogen – und ich
kochen. Es gibt Fisch, Rotbarsch in Weißweinsoße mit
Knoblauch und Schalotten, und Streit, weil wir alle
eigentlich überhaupt nicht zueinander passen. Welten
prallen aufeinander. Manfred und Beate sind zu
perfekt, Anwalt und Apothekerin, seit 4 Jahren verheiratet, und ich weiß nicht mehr, warum wir sie eingeladen haben. Manfred war schon immer ein Angeber,
ich kenne ihn von der Schule. Seit er mir einmal aus
der Klemme geholfen hat, habe ich das Gefühl, ihm
etwas schuldig zu sein. Dabei kotzt er mich an, redet
nur von sich. Susanne hört ihm mit Engelsgeduld zu,
und ich denke, das kommt von ihrer Arbeit. Mir reicht
es. Ich erzähle die Geschichte, wie Manfred Beates
Schwester Jutta nachgestellt und ihr unter dem Fenster
ein Ständchen gesungen hat, bis ihn die Nachbarn
vertrieben haben. Beate kennt die Geschichte zwar
schon, findet sie aber immer noch nicht witzig. Das
wiederum finde ich lustig.

Urlaub. Ich fliege nicht gern. Für Susanne mache ich
es dennoch. Sie liebt den Strand und das Meer, ich
nicht. Wir gehen trotzdem hin. Nach zwei endlosen,
völlig ereignislosen Tagen am Meer zieht es mich in
die Stadt. Ich sehe südamerikanische Straßenmusiker.
Ein Gitarrist fehlt. Ich verstehe nicht, was sie sagen,
aber nehme die Gitarre und spiele bei ihnen mit.
Musik, eine eigene Sprache. Susanne kommt vorbei,
schüttelt den Kopf, versteht die Sprache „Musik"

nicht, versteht mich nicht, versteht nichts. Beim Abendessen Vorwürfe, noch bevor wir bestellt haben, ich würde nicht mitmachen bei dem Urlaub, dann könne sie gleich allein in Urlaub fahren, sie hätte sich so darauf gefreut, und ich verderbe mal wieder alles. Ich höre nur mit einem Ohr zu, denn ich beobachte eine junge Familie mit einem kleinen Kind am Nebentisch. Der Vater hat ein riesiges Steak auf seinem Teller, hat aber nur Augen für sein süßes Kind und neckt es. Das Kind lacht und lacht über die Grimassen des Vaters. Das Steak ist schon längst kalt.

Schwangerschaft. Susanne ist seit Tagen gereizt, es geht ihr nicht gut. Ich nehme es sportlich, lasse sie in Ruhe, gehe mehr mit meinen Freunden weg. An einem Sonntagmorgen sitzen wir schweigend am Küchentisch. Ich bin froh darüber, denn ich möchte in der Frühe sowieso lieber meine Ruhe haben, und außerdem wirkt der Alkohol des Vorabends unangenehm nach. Sie trommelt nervös mit den Fingern auf dem Tisch und schaut mich aggressiv an. Dann sagt sie es mir, aber es klingt wie ein Vorwurf. Sie ist schwanger. Meinem Zustand geschuldet brauche ich einen Moment, bis ich die Nachricht verarbeitet habe. Sie sieht mich provozierend an. Ich beginne zu lächeln und sage ihr, wie toll ich es finde. Mit einem Mal bin ich nüchtern, wach, begeistert und male mir schon unsere Zukunft aus. Susanne lächelt nicht. Als hätte es sich seit Tagen in ihr aufgestaut, platzt es aus ihr heraus: Was mit ihrer Karriere sei, gerade jetzt, da ihr der neue Chefarzt eine Beförderung in Aussicht gestellt habe.

Wie wir von einem einzigen Gehalt leben wollen und dass mal wieder alles an ihr hängen bliebe und so weiter. Ich höre nicht wirklich zu, bin in Gedanken schon beim Wickeln, Spielen und Lachen. Erst, als das Wort Abtreibung fällt, zucke ich zusammen. Sie sagt, sie könnte das in der Klinik von einem befreundeten Arzt ohne großes Aufsehen machen lassen. Ich bin schockiert. Ich rede und bettle, schreie und drohe. Sie weint, und ich nehme sie in die Arme. Sie wird unser Kind nicht abtreiben lassen.

Abschied. Sophies Sarg ist weiß und lächerlich klein. An ihm hängen ein paar Spielsachen, die ich schon vor der Geburt gekauft hatte. Nur ein einzelner Mann mit ernster Miene trägt den Sarg mit meiner Tochter zum ausgehobenen Grab. Es sind nicht viele gekommen. Nicht viele haben Sophie gekannt, nicht viele vermissen sie. Susanne und ich weinen, es ist uns nicht peinlich. Sophies Arzt ist gekommen. Er macht das gleiche Gesicht wie an dem Tag, an dem er von der Intensivstation kam und uns sagte, wir müssten jetzt ganz stark sein. Es hat uns beide wie ein Hammerschlag getroffen. Die Erde hat sich aufgetan und uns verschluckt. Auch Susanne. Seit sie spürte, wie etwas in ihr wuchs, immer mehr und mehr Leben wurde, da bekam sie diese Ruhe und Selbstverständlichkeit, wie nur Schwangere sie ausstrahlen. Sie hat sich von da an unbändig auf unsere Tochter gefreut. Susannes Mutter hat dafür gesorgt, dass Sophie eine Nottaufe bekommt, und daher kann sie beerdigt werden.

Der Pfarrer spricht leere Worte, die mich nicht im Entferntesten erreichen. Ich schaue in den Himmel und drücke Susanne fest an mich. Ich bin so traurig, so leer, so verloren, aber ich habe noch den Menschen neben mir. Es gibt noch eine Zukunft. Ich bin nicht allein. Das glaubte ich zumindest damals.

Trennung. Nach Sophies Tod klammern wir uns aneinander, sprechen viel, weinen und trösten uns. Dann kommen die Momente, in denen ich noch über unsere Tochter sprechen möchte und Susanne nicht mehr. Für Susanne scheinen alle Worte gesagt. Für sie ist Sophie Vergangenheit, eine Erinnerung, und sie will sich jetzt auf die Zukunft konzentrieren. Wir müssen nach vorn schauen, sagt sie, wir können Sophie nicht mehr lebendig machen. Ich halte das für Verrat an unserer Tochter. Ich werde laut, ungerecht, beginne mehr zu trinken. Ich kann nicht mehr in das „normale" Leben zurückkehren, weil ich es nicht mehr erkenne, es nicht finden kann. Zuerst lasse ich mich krankschreiben, dann gehe ich überhaupt nicht mehr zur Arbeit, und schließlich wird mir gekündigt. „Lass dich nicht so gehen", sagt Susanne immer öfter, und ich brülle irgendetwas zurück. Das geht Wochen hindurch so. Dann ist sie plötzlich weg. Ich werde panisch. Ich brauche sie. Von ihren Freundinnen höre ich, dass sie es nicht mehr mit mir aushält, ich würde sie runterziehen und sie außerdem jeden Tag an Sophie erinnern. Das sei zu viel für sie. Verzweifelt suche ich sie. Ich darf sie nicht verlieren. Sie geht nicht an ihr Handy, und im Krankenhaus erzählen mir ihre

Kollegen immer, sie wäre gerade in der anderen Schicht. Dann sehe ich sie eines Abends mit einem schleimigen Typen im Café sitzen, den wir von einem Fest bei meiner Schwester kennen. Fassungslos stehe ich am Fenster. Er greift nach ihrer Hand, da stürme ich ins Lokal und mache eine Szene. Susanne bittet den Typen zu gehen, ist freundlich, sogar ehrlich besorgt und beruhigt mich. Sie nimmt meine Hand und zieht mich sanft auf einen Stuhl. „Es hat keinen Sinn mehr mit uns", sagt sie. „Du brauchst Hilfe, professionelle Hilfe, und die kann ich dir nicht geben." Ich schwöre ihr, ich würde mich bessern, lüge ihr vor, ich würde nicht mehr oft an Sophie denken, bitte sie, bei mir zu bleiben. Sie ist ganz ruhig, und ich spüre, wie weit weg sie schon von mir ist. Sie drückt mir die Karte einer Therapeutin in die Hand, küsst mich auf die Wange und sagt mir leise ins Ohr: „Lass dir helfen. Viel Glück." Dann steht sie auf und geht.

Damals konnte ich ihr nicht verzeihen, fühlte mich verraten und verstoßen. Jetzt kann ich es. Ich verzeihe ihr, obwohl ich selbst hier noch ein kleines bisschen den Trennungsschmerz fühle, aber es tut nicht mehr weh. Es ist nur eine ganz, ganz ferne Erinnerung, ein kleiner, feiner Stich. Das geht vielen hier so. Man ist mit sich und seinem vergangenen Leben im Großen und Ganzen im Reinen. Das macht die Existenz hier so schön und erstrebenswert. Alles ist leicht, alles ist hell und freundlich, auch die Gedanken. John Lennon sieht das übrigens genauso.

Der Tod macht nicht einsam

John Lennon spricht noch immer mit Yoko

Er sitzt verträumt auf einem Hocker an einer Straßenecke. Er spielt Gitarre, ein Stück, das ich nicht kenne, hat die Augen geschlossen, lehnt an der Wand und summt. Ich gehe nicht gleich auf ihn zu, sondern verhalte mich still, höre ihm zu, beobachte ihn.

Das ist also John Lennon, das Genie der Beatles, die mindestens 50 Prozent des Komponistenduos Lennon/McCartney, der intellektuelle Beatle, der Aktivist für den Frieden, der Mann, dessen Poster ich im Zimmer hängen hatte: „WAR IS OVER! if you want it. Happy Christmas from John and Yoko." Oh ja, der Mann, der Yoko Ono geheiratet hatte, diese uns allen unsympathische Frau, die für die Trennung der Beatles verantwortlich gemacht wird. Das Idol von Millionen, der Mann, der am 8. Dezember 1980 in New York ermordet wurde. Und jetzt sitzt er einfach so da, mit Nickelbrille und Lederjacke, und spielt Gitarre, nur für mich. Da soll noch mal einer ein schlechtes Wort über den Tod verlieren!

Ich weiß, dass ich ihn ohne Probleme ansprechen kann, dass man hier keine Zurückhaltung zeigen muss. Es fällt mir nach wie vor etwas schwer, obwohl er natürlich genauso tot ist wie ich und ich keine Hemmungen zu haben brauche. Und – er ist nur hier, weil ich es möchte. Dennoch, ich will niemanden belästigen, das wollte ich schon als Lebender nicht.

Bei einem Tennisturnier habe ich mal Boris Becker getroffen. Er ging ganz nah an mir vorbei und lächelte mich freundlich an, aber ich brachte keinen Ton heraus. Da nahm er mir meine Baseball Cap aus der

Hand, schrieb ein Autogramm darauf und ging weiter. Ich hatte kurz den Reflex gehabt, sie ihm direkt wieder wegzunehmen, traute mich aber nicht. Es war meine Lieblings-Cap und von dem Moment an nicht mehr zu gebrauchen. Wer läuft denn schon mit einer Mütze herum, auf der ein Autogramm von Boris Becker steht?

Einen kleinen Ruck muss ich mir also schon geben, bevor ich John Lennon anspreche. Ich gehe ein paar Schritte auf ihn zu. Er öffnet die Augen, die durch die starke Brille ganz klein erscheinen, blinzelt ein wenig, weil die Sonne genau in sein Gesicht scheint, und strahlt mich an. „Da bist du ja", sagt er.

„Da bin ich ja", erwidere ich einfallslos.

Er steht auf, gibt mir die Hand, ziemlich kräftig und bestimmt, und sagt: „Na, wie gefällt es dir hier?"

Nach meinem ersten Satz habe ich etwas gutzumachen, darum antworte ich sehr lässig: „Cool."

„Ja", sagt er und zwinkert mir lässig, wirklich lässig, nicht so, wie ich es gemacht habe, zu. „Hier ist es cool. Kein Himmel, aber cool. So hatte ich es mir nicht vorgestellt, aber es ist cool." Er sieht mir ganz offen und freundlich direkt in die Augen und fragt: „Sag mal, hast du hier schon ein paar Leute getroffen?"

Ich erzähle ihm von meinen Begegnungen, und er ist besonders an Elvis interessiert, einem seiner Idole. Er hat ihn sogar einmal in Graceland besucht.

„Das war wirklich komisch", erzählt mir John. „Wir vier – Paul, George und Ringo waren auch dabei – saßen wie die Schuljungen auf dem Sofa und warteten auf den King. Dann kam er endlich, begrüßte uns und ging gleich wieder. Mann, wir kannten uns mit Drogen aus, uns war nichts fremd, aber Elvis …" Dabei pfiff er durch die Zähne.

Eigentlich hätte ich Elvis in Schutz nehmen müssen, doch John Lennon sagt das alles ohne jeden Vorwurf, mehr mit Mitgefühl als mit Häme.

„Nein, Elvis war toll. Wegen Buddy Holly und ihm bin ich Rockmusiker geworden, wusstest du das?"

Ich nicke, und er fährt fort: „Buddy sehe ich ab und zu, nur vor Elvis habe ich großen Respekt, so ein Gefühl, als könnte ich ihm nicht gerecht werden. Irgendwie wage ich es nicht."

Das ist eine Steilvorlage für mich. Ich setze wieder meinen – wie ich meine, coolen – Gesichtsausdruck auf und sage: „Ich treffe mich ab und zu mit Elvis. Vielleicht magst du mal mitkommen, ich nehme dich gerne mit."

John strahlt mich an: „Würdest du das machen? Toll, danke." Er streicht sich eine Haarsträhne aus dem Gesicht, greift wieder zur Gitarre, will gerade einen Chord greifen, da blickt er mich wieder an und sagt: „Bist ein bisschen jung. Was hat dich denn so früh hierhergebracht?"

Warum auch immer, ich werde rot, habe das Gefühl, mich verteidigen zu müssen, und entgegne: „Bist auch nicht gerade sehr alt geworden, gerade mal 40."

„Stimmt", sagt er, während er leise zu spielen beginnt, „und ich wäre gern etwas älter geworden. Weltfrieden, Umweltverschmutzung, Tibet, Erderwärmung – es gibt vieles, wofür ich mich noch gern eingesetzt hätte. Aber Mark kam mir dazwischen. Und dir?"

„Sophie und die Sinnlosigkeit des Lebens."

„Hm. Von Sophie musst du mir gleich erzählen, aber das Leben, sinnlos? Dazu müsste man erst einmal klären, was Sinn überhaupt ist, denn was man nicht definiert hat, kann man schlecht suchen und finden. Ich glaube, man macht es dem Leben zu schwer, einem gerecht zu werden, wenn man von ihm zu viel erwartet und fordert. Das Leben ist eine leere Hülle, die es zu füllen gilt. Darum ist das Leben nur das, was man daraus macht. Was man selbst daraus macht. Darüber waren und sind Yoko und ich uns einig. Nicht alles auf andere schieben, besser auf sich selbst schauen."

„Wie, darüber bist du dir auch jetzt noch mit Yoko einig? Sie lebt doch noch, oder?"

„Na klar, und wie. Aber unsere Verbindung ist deswegen nicht abgerissen, kein bisschen.

Wir diskutieren oft miteinander, sie fragt mich nach meiner Meinung oder möchte von mir etwas von früher wissen, was sie vergessen hat."

Ich bin erst mal sprachlos. „Und das geht?", hake ich nach.

„Ist dir das denn im Leben nie passiert?", fragt John skeptisch.

Ich denke nach. Als meine Oma starb und ich sehr traurig war, habe ich weiter mit ihr gesprochen und mir ihre Antworten vorgestellt, aber das war nicht wirklich sie, oder doch? Ich sage es John.

„Bestimmt war sie das!", ruft John begeistert. „Viele Menschen machen das, wenn sie noch leben. Das ist gar nicht schwer, und man braucht nur eine enge Beziehung zu jemandem gehabt zu haben, dann funktioniert es auch, wie mit Yoko oder deiner Oma. Die Lebenden müssen die Toten selbstverständlich rufen, umgekehrt geht das nicht. Das ist eine Einbahnstraße und einer der Nachteile, tot zu sein. Man muss warten können, und das hat mit Zeit nichts zu tun, die gibt es hier ja nicht mehr. Es ist eine Frage der Geduld und der Liebe. Wenn Yoko einmal tot ist, dann können wir hier miteinander reden und uns umarmen, das wünsche ich mir natürlich sehr. Andererseits liebe ich sie zu sehr, um sie schnell herbeizuwünschen. Die Toten sehnen sich zwar nach den Lebenden, wünschen ihnen aber, dass es für sie lange dauern möge. Vorfreude ist auch eine Freude."

Man erfährt hier schon eine ganze Menge Neues, zum Beispiel, dass Yoko Ono und meine Großmutter was gemeinsam haben. Lustig.

Ich hake weiter nach, denn jetzt ist der Moment gekommen, das Gespräch auf Sophie zu bringen. „Na ja", fange ich an, „und wenn einem Lebenden die Verbindung zu einem Toten nicht nah genug ist, kann er es ja selbst jederzeit ändern. Wenn es zum Beispiel Yoko zu lange dauert, bis sie dich wiedersieht, kann sie ihrem Leben jeden Moment ein Ende setzen und zu dir kommen. Das wäre echte Liebe."

„Echte Liebe?" John sieht mich verwundert an. „Mit Liebe hat das doch nichts zu tun. Leben und Tod sind eine untrennbare Einheit. Du und ich, wir genießen die Vorteile, tot zu sein, und das zu Recht, und Yoko genießt die Vorteile des Lebens auch zu Recht, und …"

„Ja klar", unterbreche ich ihn. „Wenn man ein tolles Leben wie Yoko führt, ist das alles wunderbar, aber wenn einem das Leben übel mitspielt, wenn es ungerecht zu einem ist, was ist dann? Dann kann man das Leben nicht mehr genießen und sehnt sich den Tod herbei – als Ausweg, als Weg aus dem Elend, damit man zu denen kommt, die man liebt."

„Das sehe ich anders", sagt John, nachdem er eine Weile nachgedacht hat. „Das Leben läuft nie rund, es wirft dir immer wieder mal einen Knüppel zwischen die Beine. Da ist es mir nicht anders als dir gegangen. Ich war einen kurzen Abschnitt meiner Zeit der berühmte Beatle, da war alles klar und vorbestimmt, und das Leben geschah mit mir, ohne dass ich etwas tun musste. Aber für den Rest der Zeit musste ich meinen Weg, mein Leben erst finden. Was meinst du, warum ich zum Guru gelaufen bin oder Drogen genommen habe? Bestimmt nicht, um bessere Musik zu schreiben, nein, um mich selbst zu finden und um das Leben zu ertragen. Damals dachte ich noch, man müsste das Leben verstehen lernen und wie du nach einem Sinn suchen, bis ich erkannt habe, dass das Leben nur eine Hülle ist, die wir auszufüllen haben, und am besten füllt man sie mit Liebe aus. Um meinen ersten Sohn habe ich mich so gut wie nicht gekümmert. Ich war in meiner Findungs-phase, und Erfolg sehr wichtig. Beim zweiten hab ich mich fast vollkommen vom Musikbusiness verabschiedet und mich um den Kleinen gekümmert, Windeln wechseln, Essen machen, spielen, die beste Zeit meines Lebens. Tausend kreischende Fans können das Lachen eines Kindes nicht aufwiegen.

Als ich ‚All You Need Is Love' komponiert habe, war ich mir über die Bedeutung, also die wirkliche Bedeutung der Aussage noch gar nicht bewusst. Später habe ich erkannt, dass diese fünf Wörter das ganze Leben und das ganze Universum, wie ich jetzt weiß, beschreiben und definieren. Gib Liebe und nimm Liebe."

„Und wenn niemand mehr da ist, den man lieben kann, vielleicht weil der einzige Mensch, den man geliebt hat, gestorben ist?", erwidere ich bitter.

„Es ist immer jemand da, den man lieben kann, und es wird immer jemanden geben, der dir Liebe schenkt. Schau dir Yoko an. Ihr Mann wurde vor ihren Augen ermordet, aber nicht nur ihr Mann, denn wir waren eine Einheit, ein Lebewesen, eine Symbiose aus Liebe und Vertrauen. Wir waren nicht mehr ein Mann und eine Frau, sondern ein Wir. Eine engere Verbindung kann ich mir unter Lebenden nicht vorstellen. Wenn ich deiner Logik von echter Liebe folge, dann hätte sie sich ja sofort das Leben genommen, um mit mir zusammen zu sein. Hat sie aber nicht gemacht, und weißt du warum? Weil das nicht Liebe wäre, das wäre vielmehr Verrat an der Liebe. Schau", und bei diesen Worten legt er mir eine Hand auf die Schulter, dass ich eine Gänsehaut bekomme, „ich lebe jetzt in ihr weiter, und sie ist schon hier bei mir. Kann es etwas Schöneres geben?"

„Meinst du wirklich, sie genießt ihr Leben?"

„Jeden einzelnen Tag, und mir geht es hier doch auch ganz gut, oder?" Er lacht mich an.

So einfach will ich mich nicht abspeisen lassen und sage: „Aber eines quält sie doch. Sie kann deinem Mörder nicht verzeihen."

„Das stimmt, aber so denkt man als Lebender halt, was soll man machen? Und es gibt bestimmt auch andere Dinge, die sie ärgern und nerven und ihr wehtun. Noch mal, es geht um das Gesamtpaket, verstehst du? Ich bin mir sicher, sie wäre noch glücklicher, wenn sie ihm verzeihen könnte – mit Liebe das Negative bekämpfen. Es klappt nicht immer, aber man muss es wenigstens versuchen. Als Mark Chapman damals auf mich zukam und mich um ein Autogramm bat, hatte ich schon ein ungutes Gefühl, darum habe ich ihn besonders freundlich angelächelt und gefragt, ob ich noch was für ihn tun kann. Ein anderer Fan hat ein Bild von uns beiden gemacht. Auf dem letzten Bild von mir bin ich darum zusammen mit meinem Mörder zu sehen. Als Lebender sieht man das als etwas Merkwürdiges an, für mich als Toten hat es jetzt überhaupt keine Bedeutung. Na, auf jeden Fall ist er dann etwas verwirrt weggegangen, und für mich war die Sache erledigt. Als wir dann allerdings zwei Stunden später zum Dakota Building zurückkamen und er wieder da war und meinen Namen rief, war mir sofort klar, dass es vorbei war, noch bevor er den Revolver herauszog. Die Schüsse habe ich schon nicht mehr wirklich gespürt. Das ‚Wie' ist sowieso egal. Ob ermordet, an Krebs gestorben oder was auch immer – tot ist tot. Hier ist man, und alles ist einfach. Geht dir sicher genauso, oder? Hey, was ist denn los mit dir?"

Ich presse die Augen zu. „Wieder diese verdammten Blitze! Kennst du sie nicht?", frage ich John.

„Blitze? Nein, die habe ich noch nie gesehen. Gehts wieder?", erkundigt John sich ehrlich besorgt.

„Ja, alles wieder gut", lüge ich, denn das Licht blendet mich noch immer. John nimmt sich wieder seine Gitarre und spielt das Lied von zuvor. Ich mag es und ich mag John, aber ich möchte nicht mit ihm über Sophie sprechen und bin froh, dass er nicht mehr nach ihr gefragt hat oder danach, wie ich gestorben bin.

Mir geht es wie Yoko, ich kann nicht verzeihen und vergessen. Nur bin ich einen anderen Weg gegangen, einen wie ich finde konsequenteren Weg, auch weil ich letztlich keine Angst davor hatte, ihn zu gehen. John hat recht, es gibt keinen großen Unterschied zwischen Leben und Tod. Jetzt wissen wir das, weil wir tot sind und beides kennen. Geahnt habe ich das allerdings schon als Lebender.

Das Leben wird oft überschätzt

Nur ein Spiel

Gestern bin ich gestorben. Und? Ist das wirklich so besonders? Seit ich mich näher mit dem Tod beschäftige, verstehe ich das ganze Tamtam nicht mehr, das um ihn gemacht wird. Ich erinnere mich gut daran, wie Susanne und ich mal Gäste hatten. Es war im Winter, Susanne war noch nicht schwanger, Sophie noch nicht geboren und gestorben, und ich hatte Ente à l'Orange gekocht. Die Gespräche streiften mal dieses, mal jenes, völlig uninteressant und langweilig. Ich war immer öfter abwesend, und mir kam, wie damals oft, eine Textstelle von Konstantin Wecker in den Sinn: „Dann kommen Freunde und belagern meine Zeit. Die alten Sprüche, und ich spiel mit meinen Zehen, anstatt jetzt aufzuspringen, zornig und sehr breit mich vor sie hinzustellen, damit sie jedes Wort verstehen: Ihr seid so hässlich …". Nun ja, so weit war es noch nicht. Aber ich wollte diesem Geschwätz ein Ende setzen und mal über etwas wirklich Wesentliches sprechen. Beim Dessert, einem selbst gemachten Kaiserschmarrn nach dem Rezept meiner Mutter, fragte ich also in die Runde: „Sagt mal, was denkt ihr eigentlich über den Tod?" – Schock. Schweigen. Dann Aufstand. „Was soll denn das jetzt? Wie bist du denn drauf? Willst du uns den schönen Abend verderben, oder was? Komm, lass uns über etwas anderes, was Angenehmes sprechen …"

Ungefähr so was hatte ich erwartet, aber ich ließ nicht locker. „Was ist denn so unangenehm am Tod, kann mir das mal jemand erklären? Weil es ein Ende, weil es das Ende ist? Und was ist an einem Ende so furchtbar? Bei vielen Dingen ist es doch ganz schön, wenn sie vorüber sind, bei einer langweiligen Oper zum Beispiel, einem miesen Urlaub, einer schlechten Beziehung …" Ich hob beschwichtigend die Hand, weil ich den Einwand schon ahnte. „Ich weiß, das sind nur negative Dinge, aber mit positiven ist es nicht anders. Wollt ihr endlos feiern, trinken, lachen? Auf die Dauer wird uns selbst das Schönste zu viel, und wir sind froh, wenn es vorbei ist."

Es war ganz still geworden. Keiner sagte oder machte mehr irgendetwas.

Ich fuhr fort, jetzt nicht mehr laut und erregt, sondern leise, fast beschwörend: „Empfindet ihr es nicht manchmal als eine Art Befreiung, wenn etwas aus und vorbei ist, für immer? Selbst wenn es etwas Schönes war? Mir geht es jedenfalls so. Können wir dem Tod auf diese Weise nicht mit etwas Erleichterung entgegensehen? Und wer behauptet denn, dass der Tod schlechter ist als das Leben? Woraus das Leben besteht, das wissen wir, aus Liebe und Glück, Leid und Schmerz, Enttäuschung und Trauer. Jeder von euch kann das bestätigen. Und der Tod? Woraus besteht der? Keiner weiß es." Ich jetzt natürlich schon, aber selbst für mich als unwissender Lebender war es nicht logisch, dass der Tod zwangläufig fürchterlich sein muss. „Der Tod hat meiner Meinung nach ein viel zu schlechtes Image, darum verdrängen ihn viele Leute – ihr wahrscheinlich auch. Aber wie schafft ihr das nur? Den Tod kann man doch gar nicht verdrängen, denn er begegnet uns schließlich überall und immerzu. Jeder von euch hat schon jemanden ‚verloren': Oma, Opa, einen Freund, Bekannten oder Prominenten. Schaltet das Fernsehen ein, und es wird über Unglücke, Krieg, ermordete und verhungerte Kinder berichtet. Tag für Tag begegnet ihr dem Tod. Warum also so tun, als gäbe es ihn nicht? Warum den Tod verteufeln? Lernen wir ihn erst einmal kennen."

Keiner traute sich, etwas zu sagen, oder konnte etwas sagen. Sie fühlten sich überfahren, aber der Samen war gesät, wie man so schön sagt. Sie waren nachdenklich geworden und wollten sich nun doch mit diesem Thema auseinandersetzen. Also beschlossen wir, uns 14 Tage später wieder zu treffen, und jeder sollte sich bis dahin ein paar Gedanken über den Tod und das Leben machen. Zwei Wochen später saßen wir darum wieder – alle irgendwie feierlich – um den Tisch. An ein paar Aussagen kann ich mich ganz gut erinnern. Für mich ist das jetzt nicht mehr so spannend, aber egal, ein paar Ideen waren damals recht interessant.

Thomas, Teilhaber an einem Öko-Laden, 31 Jahre, ein wenig esoterisch angehaucht, meinte: „Für mich ist das so: Der Augenblick dieses Essens ist unwiderruflich verloren, der schöne Abend morgen aus und vorbei, der letzte Urlaub nicht zu wiederholen, die Blume verwelkt, der Wein getrunken, das Spiel abgepfiffen, der Berg bestiegen. All das hat begonnen und geendet, all das ist jetzt tot. Ich habe extra für euch ein schönes chinesisches Gedicht herausgesucht, das mit genau diesem Gedanken spielt:

Was geboren ist, wird sterben,
was zusammengetragen wurde, wird zerstreut,
was sich angehäuft hat, wird erschöpft,
was aufgebaut wurde, wird zusammenbrechen,
und was hoch war, wird niedrig werden.

Viele von Euch denken, der Tod ist grausam, den Klauen des Todes kann man nicht entkommen, der Tod lauert hinter jeder Ecke. Das haben wir von Kindesbeinen an gelernt. Kein gutes Wort über den Tod, aber was wäre, wenn das gar nicht stimmt? Ich glaube, dass der Tod durchaus auch positiv ist, vielleicht ist er sogar mehr Freund als Feind."
Er hat das ein wenig theatralisch ausgedrückt, aber im Kern hat er recht. Der Tod ist nicht gegen uns, sondern für uns.

Michael, ewiger Student, Lebenskünstler, Fußballfan, 29 Jahre, sagte – und das hat mich echt umgehauen, denn ich dachte immer, der hätte nicht viel auf dem Kasten, aber seine Theorie war echt lustig: „Ich finde gut, dass wir nicht ewig leben. Das würde nicht funktionieren. Stellt euch das Leben mal als Fußballspiel vor. Der Anpfiff ist die Geburt. Danach wird fleißig für das Spiel trainiert, und dann sucht man sich seinen Platz im Team. Der Geltungsbedürftige geht eher in den Angriff, der Beschützer in die Abwehr, der Kreative ins Mittelfeld und so weiter. Für jeden gibt es eine passende Position. In der ersten Halbzeit ist man noch fitter als in der zweiten, da lässt der eine oder andere schon merklich in seiner Leistung nach, das ist normal. Für manchen ist leider schon vor dem Schlusspfiff das Spiel zu Ende, vielleicht, weil er sich schwer verletzt hat und nicht weiterspielen kann oder möchte. Er muss vom Spielfeld, was von manchen Mitspielern bedauert wird, aber seine Position wird ja ersetzt, also geht das Spiel weiter. Wer foult, wird verwarnt, und wer grob foult, darf nicht mehr mitspielen. Ziel ist es, das Spiel zu gewinnen, am besten dabei auch schön zu spielen und anderen damit eine Freude zu bereiten. Also strengen sich alle an, um Tore zu schießen und Tore zu verhindern, denn die Zeit ist begrenzt, hier und da schaut der Schiedsrichter schon auf die Uhr, und ob er etwas nachspielen lässt, ist ungewiss. Und da kommt er auch schon, der Schlusspfiff, und das Spiel ist zu Ende. Wie würde aber nun das Spiel verlaufen, wenn es gar keinen Schlusspfiff gäbe, wenn endlos Zeit wäre, Tore zu schießen, Verletzungen auszukurieren und Rückstände aufzuholen? Wie hoch wäre die Motivation der Spieler und ihre Bereitschaft, konstant Leistung zu bringen und ihr Bestes zu geben, gegen die eigene Auswechslung zu kämpfen, Teamgeist zu entwickeln, mannschaftsdienlich zu spielen, zu laufen und so weiter? Wahrscheinlich äußerst gering. Wer nichts zu verlieren hat, der hat nichts zu gewinnen. So ein Spiel ist nicht interessant, und Spaß macht es auch nicht, denn ohne ein Ende gibt es auch kein Ziel, und ohne ein Ziel, das man erreichen möchte, hat man keine Freude. So sehe ich das Leben. Das Leben braucht den Tod, um lebenswert zu sein. Der Tod ist das Salz in der Suppe des Lebens. Der Tod gibt dem Leben seinen eigentlichen Sinn. Er zeigt uns auf, wie wertvoll das Leben ist, und verpflichtet uns dazu, es sinnvoll zu füllen."

Wie gesagt, das hätte ich ihm gar nicht zugetraut. Und wie richtig er damit lag! Ich ahnte das schon damals.

Susanne, meine Freundin hatte eine klare Meinung: „Wir wissen nicht, was nach dem Leben kommt, und werden es auch nie genau wissen. Ich finde es darum viel wichtiger, sich klarzumachen, dass vor dem Tod das Leben kommt. Das vergessen leider viele. Das Leben ist ein schönes Spiel, bei dem jeder für sich das meiste rausholen sollte. Wenn es vorbei ist, ist es vorbei. Ich will da kein Risiko eingehen und auf einen tollen Tod setzen. Ich halte mich an das Leben und genieße es, soweit es geht. Ich sehe als Krankenschwester viel Leid und die Angst der Menschen vor dem Tod. Da ist nichts Erhabenes, das ist einfach nur scheiße. Darum sollte man das Leben in vollen Zügen genießen, und dabei darf man gerne ein wenig rücksichtslos sein, denn ein Leben gibt es nur einmal. Ich kann diese Warmduscher nicht verstehen, die mit allem auf ihre Mitmenschen Rücksicht nehmen möchten und anderes, fremdes Leben über das eigene stellen. Warum? Tut mir leid, aber ich bin nicht altruistisch und ich finde das auch nicht erstrebenswert, denn es wird in der Regel nicht belohnt. Was ist mit den ganzen Märtyrern? Was haben sie denn wirklich davon gehabt, dass sie sich geopfert haben? Heute sprechen viele mit großem Respekt von ihnen, und alte Frauen beten für sie, aber was haben die denn davon, wenn sie tot sind? Ja ja, ich weiß, es ist nicht schön, das zu sagen. Ich würde jedenfalls lieber feige leben, als heldenhaft sterben."

Ich fand das damals sehr ehrlich und mutig und verteidigte sie gegen den Widerspruch, der sich augenblicklich einstellte. Auch ich dachte damals, als meine Welt noch nicht aus den Fugen geraten war: Haben wir nicht die Aufgabe, ein schönes, gutes Leben zu führen, wenn es uns nun mal schon geschenkt wurde? Und: Gehört der Tod nicht ganz natürlich dazu, selbst wenn Leben und Tod auf den ersten Blick nichts miteinander gemeinsam haben? Kann man dann nicht beide akzeptieren, ruhig und gelassen, selbst wenn sie zu unterschiedlich und wenig harmonisch scheinen? Ziehen sich denn Gegensätze nicht auch an?

Eine wichtige Frage, finde ich, der ich hier wunderbar auf den Grund gehen kann. Hier ist ja alles möglich. Hier kann ich mal etwas ausprobieren. Hier kann ich zum Beispiel zwei Menschen zusammenbringen, die überhaupt nicht zusammenpassen, und mal schauen, was dann passiert.

Der Tod ist überraschend harmonisch

Peter Alexander und Frank Sinatra singen ein Duett
für mich

Ich habe schon die tollsten und interessantesten Leute hier getroffen. Elvis, Stefan Zweig, Casanova – alles ganz unterschiedliche Personen, die ganz verschiedene Leben hatten. Es ist spannend, sich mit ihnen zu unterhalten, ich lerne etwas über deren Leben und Tod und damit auch über mein Leben und meinen Tod. So weit so gut. Kann auf die Dauer aber etwas eintönig werden. Abwechslung muss her. Warum nicht mal was ausprobieren? Ein Experiment. Wenn es nicht funktioniert, nun gut, dann halt nicht. Aber es reizt mich einfach, mal zwei Personen zusammenzubringen, die ganz unterschiedlich sind. Zuerst dachte ich an Edvard Munch und Ayrton Senna oder Florence Nightingale und Jimi Hendrix oder so. Doch bei allen Unterschieden – einen gemeinsamen Nenner brauchen die zwei natürlich schon, sonst hat es keinen Sinn und macht vor allem keinen Spaß. Ich entschied mich daher für zwei Sänger und Entertainer: Frank Sinatra und Peter Alexander.

Frankie Boy ist klar, den wollte ich eh treffen, weil er das Coolsein erfunden hat, weil er mich schon immer fasziniert hat und bestimmt einiges erzählen kann. Peter Alexander ist für mich genau das Gegenteil von Sinatra, bieder, wo der andere frech ist, bescheiden, wo Sinatra angibt, höflich, wo Frankie Boy arrogant ist, kurz – Saubermann gegen Hallodri. Meine Frage ist hier also: Werden sie miteinander auskommen? Und sind sie wirklich so, wie ich sie mir vorstelle? Ich muss daran denken, was Stefan Zweig gesagt hat: „Wir beurteilen Menschen, insbesondere Künstler, nach ihren Taten. Das ist ein Irrweg. Man kann die schönsten Melodien singen und die lieblichsten Landschaften malen und dennoch ein widerlicher Mensch sein." Wie werden also diese beiden unterschiedlichen Charaktere im Zusammenspiel sein?

Den Ort für unser Treffen habe ich mit Bedacht ausgewählt. Zuerst habe ich an eine Bar oder ein Wiener Kaffeehaus gedacht, aber dann bekäme immer einer den Vorteil der vertrauten Umgebung geboten. Nein, ich möchte für Chancengleichheit sorgen und einen Platz finden, an dem sich beide wohlfühlen. So habe ich mich für die Bühne eines kleinen, intimen Theaters entschieden.

Peter Alexander kommt von links auf die Bühne. Er sieht aus wie in den Graf-Bobby-Filmen: weißes Hemd, schmale Krawatte, dunkler Anzug, Haare nach hinten gekämmt. Die Hände vor dem Körper gefaltet betritt er etwas unsicher die Bühne, neigt sich mal nach links, mal nach rechts, um zu schauen, ob er im Zuschauerraum vielleicht jemanden entdecken kann. Das Licht blendet ihn, und darum sieht er den einzigen Zuschauer – mich – nicht. Sein Blick wandert auf die andere Seite der Bühne. Von dort kommt gerade Frank Sinatra ins Scheinwerferlicht, selbstsicher, im perfekt sitzenden Smoking, eine Zigarette in der rechten Hand, die linke lässig in der Hosentasche. Ohne zu zögern, geht er zügig auf Peter zu. Der ist vollkommen baff, Sinatra hier zu sehen. Er starrt ihn an, lächelt, windet sich ein wenig vor Aufregung und sagt, leicht stotternd und mit einem Hauch von

Wiener Akzent: „Herr Sinatra, ich grüße Sie. Es ist mir eine – wenn ich so sagen darf – außergewöhnliche Ehre und Freude, mit Ihnen zusammen auf dieser Bühne zu stehen. Nein wirklich! Gestatten Sie mir, das ganz offen und frei zu sagen – damit wird ein lange gehegter Traum von mir wahr. Wissen Sie, ich …"

„Weißt du eigentlich, was wir hier machen? Warum wir hier sind?", unterbricht ihn Sinatra. Er checkt dabei das ganze Theater ab, nimmt von Peter Alexander kaum Notiz, blickt ihn nicht einmal an.

Der wiederum würde ihn so gern beeindrucken und eine Antwort auf diese Frage bieten, das sieht man ihm an, aber er weiß es ja selbst nicht und macht daher Anstalten, sich mit Sinatra zu verbünden. Eifrig sagt er: „Sehen Sie, genau das habe ich mich auch schon gefragt. Ist eine Unverschämtheit, uns hierher zu bestellen und nicht mal einen Grund dafür anzugeben. Künstler wie wir sind empfindliche Wesen, die eine gewisse Professionalität erwarten können, nicht wahr? Ich stand praktisch 60 Jahre auf der Bühne, und Sie, lieber Herr Sinatra, sind mehr als ich – wenn ich das anmerken darf – ein Star.

Ein Star, den man nicht wie einen Schuljungen herbestellen darf. Wissen Sie, ich …"

„Schon gut, schon gut. Nicht aufregen."

Sinatra ist wirklich die Ruhe selbst. Ihn scheint die Situation überhaupt nicht aus dem Konzept zu bringen. Er zieht lässig einen Barhocker aus dem hinteren Teil der Bühne zu sich, den ich vorausschauend dort deponiert habe, und sieht Alexander das erste Mal wirklich an, lächelt dabei und fragt ungemein charmant: „Was weiß ich?"

Peter Alexander ist dankbar wie ein kleiner Hund, tänzelt vor Sinatra auf und ab und erzählt: „Ja, also, ich möchte, nur wenn Sie es erlauben ... Nun, da ich Sie schon einmal treffe, nicht zum ersten ..., aber das ist ja die Geschichte ... Wissen Sie, Sie sind dafür verantwortlich ..." Er kommt ganz außer Atem.

Sinatra zieht an seiner Zigarette, die erstaunlicherweise immer gleich lang bleibt, nickt Alexander aufmunternd zu und sagt: „Ganz ruhig. Was für eine Geschichte?"

Peter Alexander reißt sich jetzt sichtlich zusammen, wirkt professioneller. Ein Ruck geht durch seinen Körper, er streckt sich und beginnt, flüssiger zu erzählen: „Ich muss ein wenig ausholen, damit Sie verstehen, warum Sie so wichtig für mein Leben waren – mein Leben, ja, das kann ich mit Fug und Recht behaupten, verändert haben. Ich geriet 1945 in britische Kriegsgefangenschaft und kam in verschiedene Lager in Ostfriesland. Ich war bei der Kriegsmarine. In den Lagern war es bitter für uns, weit weg von unseren Familien. Die Ungewissheit, was aus ihnen geworden war, quälte uns mehr als alles andere. Wir waren alle belastet von schauerlichen Erinnerungen, ein verlorener, desillusionierter Haufen. Und der Lageralltag bot uns wenig, was uns von unseren tristen Gedanken hätte ablenken können."

Sinatra scheint jetzt ehrlich interessiert zu sein, oder es geht ihm wie mir, und er fühlt sich auch an einen alten Schwarz-Weiß-Film erinnert, von dem man den Titel und die genaue Handlung vergessen hat, und nun wartet, dass einem gleich wieder alles einfällt. Auf jeden Fall bemerkt Peter Alexander das aufrichtige Interesse, wird sicherer und entspannter.

Er fährt fort: „Da ich schon in der Schule der Klassenkasper gewesen war und den Wunsch hatte, Schauspieler zu werden, beschloss ich, mit anderen im Lager kleine Theaterstücke aufzuführen. Manchmal sang ich auch etwas. Meine Kameraden waren ein dankbares Publikum. Als ich endlich freikam, wollte ich, ermutigt durch diese ersten Erfolge, Schauspieler werden. Ich begann eine Ausbildung, die ich 1948 erfolgreich abschloss. Das erzähle ich so genau, damit Sie verstehen, welchen Weg ich eingeschlagen hatte, als ich 1951 nach London kam. Es war genau gesagt der 9. Dezember 1951. Ich hatte über einen Freund Karten für ein Konzert im berühmten Coliseum bekommen, und wissen Sie, wer dort auftrat? Sie, Frank Sinatra, und Sie waren einfach fantastisch. Von da an gab es für mich nur ein Ziel: Sänger und Entertainer zu werden. So verdanke ich alles, was ich beruflich geworden bin, Ihnen, und ich bin sehr glücklich, dass ich mich endlich bei Ihnen bedanken kann!"

Peter Alexander strahlt übers ganze Gesicht, und wahrscheinlich hat er Tränen der Rührung in den Augen, aber ich sitze zu weit weg, um das genau zu erkennen. Frank Sinatra lächelt, nicht arrogant, sondern mild, charmant. Er klopft Peter auf die Schulter, beugt sich zu seinem Ohr und flüstert ihm etwas zu, ich kann es nicht hören. Peter ist ganz außer sich, freut sich und hüpft um Sinatra herum.

„Nein, wirklich! Nein, das meinen Sie nicht ernst. Wirklich, also wirklich …"

Er ist wieder ganz aus dem Häuschen, und ich werde etwas unruhig. Ist ja schön, die beiden zusammenzubringen und zu beobachten, aber jetzt wird es für den „Regisseur" Zeit, einzugreifen.

Ich räuspere mich, aber Peter Alexander macht dermaßen Lärm, dass es keinem der beiden auffällt, darum warte ich eine Atempause von Peter ab und räuspere mich noch einmal lauter. Plötzlich ist es ganz still auf der Bühne, die beiden kneifen die Augen zusammen, blinzeln und versuchen, mich im Zuschauerraum ausfindig zu machen. Erst als ich aufstehe und an den Rand der Bühne trete, können sie mich erkennen.

„Hallo, die Herren! Schön, dass Sie gekommen sind."

Ich kann mir ein breites Grinsen nicht verkneifen, als ich in ihre erstaunten Gesichter sehe. „Ich habe Sie zu diesem Casting eingeladen, weil ich für mein Stück noch zwei Figuren zu besetzen habe."

Sinatra zieht lässig an seiner Zigarette und macht keine Anstalten, auf meine Einladung zu reagieren. Ganz anders Peter Alexander. Er ist wieder in seinem aufgeregten Hampelmann-Modus.

„Sie meinen, wir beide in einem Stück? Das ist famos! Das ist – nun, was sagen Sie dazu, Herr Sinatra, äh, ich meine, Frank? Wir sind ja jetzt beim Du. Was meinst du also? Ist doch eine feine Geschichte."

Sinatra lächelt etwas zweideutig und fragt: „Worum geht es denn in dem Stück?"

Ich zögere keinen Augenblick, obwohl ich diese Szene nicht ganz durchdacht hatte, und improvisiere: „Um den Tod. In dem Stück geht es um den Tod."

Peter Alexander sieht mich mit aufgerissenem Mund und großen Augen an. „Den Tod?" Er schüttelt den Kopf. „Das ist doch kein Thema für uns beide. Wirklich, da ..."

„Lass mal, Peter, lass mal", unterbricht ihn Sinatra. „Wir wollen erst einmal hören, wie sich unser junger Freund das vorgestellt hat."

„Ja ja, genau", stimmt Alexander schnell zu. „Wie haben Sie sich das denn eigentlich vorgestellt, Ihr Stück?"

Ich improvisiere weiter: „Es geht um Ihre persönlichen Erfahrungen, um Ihren eigenen Tod. Kein Drehbuch, das einengt, alles ganz frei. Dazu müsste ich erst einmal wissen, was Sie zu Lebzeiten über den Tod gedacht haben, Sie wissen schon, Angst, ja oder nein, die Vorstellungen über das Danach und so weiter."

Sinatra findet die Idee gut, das kann ich ihm ansehen. Er zieht an seiner Zigarette, bläst den Rauch langsam aus, rutscht auf dem Barhocker in eine angenehmere Position, verschränkt die Arme und sagt: „Nicht schlecht, die Idee. Ein wenig sinnlos zwar, ein Stück über den Tod, wenn man schon tot ist. Da fehlt vielleicht ein wenig die Überraschung. Trotzdem, wenn man es in die Vergangenheit legt, also ins Leben, dann kann das ganz spannend werden. Unsere eigenen Erfahrungen einfließen lassen? Warum nicht. Mal sehen, wo das hinführt. Ich beginne mal, wenn du nichts dagegen hast, lieber Peter."

Peter hat natürlich nichts dagegen. Er klebt förmlich an Sinatras Lippen.

Frankie Boy fährt fort: „Ich dachte immer, sterben ist Mist, ich meine nicht, tot zu sein, sondern der Weg dahin. Ich habe einige Menschen sterben sehen, gute, aufrichtige Menschen. Oft war es nicht schön mit anzusehen. Ich hatte da mit meinem Herzinfarkt wirklich Glück. Aber Angst vor dem Tod? Nein, habe ich nicht gehabt. Dass er sich dann gleich so genial darstellt, konnte ich nicht wissen, dass ich hier jetzt zum Beispiel Edward G. Robinson, meinen Lieblings-schau-spieler, treffen und mit ihm Billard spielen kann, ahnte ich ja nicht. Aber auch ohne dieses Wissen hat mir der Tod nie Angst gemacht. Das Sterben, das ist was anderes. Wisst ihr, warum ich mich nicht gefürchtet habe? Weil ich das Leben nicht wichtig genommen habe. Ich habe geraucht und gesoffen und mit Frauen rumgemacht, viermal geheiratet und vieles mehr, ohne über die Konsequenzen nachzudenken. Ich war ganz oben und wieder unten und wieder ganz oben und dann tot, wie alle. Mein Leben war eine Achterbahn, aber mich hat es nicht gekümmert. Paul Anka hat mich verstanden und mir diesen wunderbaren Text für ‚My Way' geschrieben. Warum der so erfolgreich war? Weil ich ihn voller Überzeugung gesungen habe. Er hat so gut zu mir gepasst, weil ich genau so gelebt habe."

„Frank", unterbreche ich ihn, „können wir bitte beim Thema bleiben?"

„Was ich damit sagen möchte, ist", erwidert er und zieht dabei die Achseln hoch, „ich habe nicht erwartet, dass das Leben perfekt ist oder ich perfekt sein muss. Ich dachte mir, wenn der Tod zum Leben gehört, und das tut er zweifelsohne, dann wird er auch nicht perfekt sein, aber er wird okay sein für jemanden wie mich. Und wenn ich das anmerken darf – es ist schön, dass jetzt vieles keine Rolle mehr spielt, die Eitelkeiten, der Erfolg und vieles mehr. Klar hab ich mich gefreut, als ich sah, wie nach meinem Tod mir zu Ehren in Las Vegas für drei Minuten alle Lichter ausgeschaltet wurden und man das Empire State Building drei Tage lang blau anstrahlte, in Erinnerung an meine schönen, blauen Augen. Aber hier ist es einfach nicht mehr wichtig, und das habe ich bereits geahnt, als ich noch lebte."

Peter Alexander ist ganz in sich versunken, stützt sein Kinn auf Daumen und Zeigefinger und starrt auf den Bühnenboden. Komisch, irgendetwas muss Sinatra gesagt haben, denn anfangs hat er ja gespannt zugehört. Ohne dass ich ihn auffordere, beginnt er leise zu sprechen: „Ich habe immer Angst vor dem Tod gehabt. Das Leben ist doch so schön gewesen. Es gab schwierige Phasen. Auf meine Kriegserlebnisse zum Beispiel hätte ich gut und gerne verzichten können, aber andererseits habe ich viel Schönes gesehen und erlebt. Habt ihr euch mal eine Rose angesehen? Ich meine, genau und von ganz nah? Die Form, der Duft, die Farbe – vollendet. Schön und tröstlich, dass man das alles erleben darf. Und die Menschen, ach, die vielen Menschen, die ich getroffen habe, die mich glücklich gemacht haben …" Ich sehe, wie seine Augen ganz glasig werden. „Aber die Trennung, wenn sie dann gehen müssen, ist hart, unendlich hart, wie bei meiner Tochter, so früh aus dem Leben gerissen …"

Ich muss an Sophie denken, und auch meine Augen füllen sich mit Tränen, was mir nicht peinlich ist. Dennoch bin ich froh, weit weg von den beiden zu sitzen.

Peter fährt fort: „Und natürlich Hilde. Meine Hilde. Wisst ihr, die Drei war immer meine Glückszahl. Ihr kennt das, so ist man, wenn man noch lebt. Man ist abergläubisch, sieht irgendwelche Zeichen und richtet sich danach und so. Alles Unfug, wenn man es von hier betrachtet, aber mir war es eben wichtig, damals. Tja, und dann stirbt meine Frau ausgerechnet am 30.3.2003. Das war schwer. Wir waren über 50 Jahre verheiratet. Ach was, verheiratet, wir waren eine Einheit. Da habe ich aufgehört, an etwas wie Glück oder Fügung zu glauben." Ein kurzes Lachen zuckt durch seinen Körper. „So plötzlich allein – da hab ich schon den Lebensmut verloren, das geb ich zu. Da kann man schon mal an Selbstmord denken."

Er blickt auf, als wäre er in Trance gewesen, und sieht abwechselnd Sinatra und mich an. Er lächelt wieder, schüttelt leicht den Kopf und sagt fast verlegen: „Schon lustig, was man denkt, wenn man lebt, als ob das eine Rolle spielen würde. Ich bin froh, hier zu sein, aber das Leben hatte schon seinen ganz besonderen Reiz, das muss ich zugeben." Ein wenig traurig klingt das noch immer.

Sinatra beugt sich zu ihm, klopft ihm aufmunternd auf die Schulter und sagt: „Aber hier kannst du mich treffen. Das ist auch ganz nett, oder?"

Peter Alexander blickt ihn dankbar an und stimmt ihm mit seinen Augen zu.

„Das werden wir jetzt öfter machen, Peter, was meinst du? Und dann werden wir bestimmt einige Gemeinsamkeiten auch außerhalb unseres Berufes finden und uns bestens verstehen." Sein Gegenüber nickte heftig, dann klatscht Sinatra in die Hände, sieht zu mir herüber und sagt: „Na, junger Mann, wie ist das für den Anfang? Inspiriert Sie das? Wir können uns gern alle öfter zusammensetzen. Oder sollen wir jetzt gleich noch einen drauflegen? Ich hätte da eine Idee!"

„Ja, das war schon mal prima", antworte ich. „Das ist ein guter Anfang. Aber wenn Sie noch was in petto haben, quasi als Zugabe, gerne."

Sinatra dreht sich wieder Peter Alexander zu und flüstert ihm etwas ins Ohr. Peter nickt eifrig, und plötzlich – fragt mich nicht woher, aber das ist ja das Herrliche hier – kommt ein Orchester auf die Bühne und stellt sich hinter die beiden. Frank und die Musiker begrüßen sich wie alte Freunde, was sie wahrscheinlich auch sind. Als Letztes kommt kein

Geringerer als Duke Ellington mit einem breiten Lachen heran. Die beiden umarmen sich herzlich. Danach macht Sinatra ihn mit Peter bekannt. Was dann kommt, ist wirklich einmalig, das kann man einem Lebenden wahrscheinlich gar nicht genau erklären. Die beiden singen ein Duett, wobei Peter Alexander „Die kleine Kneipe" singt und Frank Sinatra dazu „My Way", und es passt tatsächlich zusammen! Dann singt der eine „Hier ist ein Mensch" und der andere „I Get a Kick out of You", und wieder klingt es wie ein gemeinsames Lied.

Ich lehne mich zurück, fasziniert von dem, was sich da auf der Bühne vor mir abspielt. Es ist schön, dass sich die beiden so gut verstehen, selbst wenn sie so unterschiedlich sind. Mein Experiment ist geglückt, finde ich und muss lächeln, denn mir geht es wirklich gut. Jetzt kommen gerade die ersten Takte von „Moon River" und einem Lied, das ich nicht kenne, aber das ist nicht wichtig. Die Harmonie ist vollkommen. Ich schließe die Augen und denke an mein nächstes Gespräch, vielleicht das bisher wichtigste, auf das ich mich schon sehr freue, auch wenn ich etwas Angst, warum auch immer, davor habe. Das Gespräch mit meinem Vater.

Das Leben sollte man loslassen können

Ein Gespräch mit meinem toten Vater

Gestern bin ich gestorben. Es gefällt mir noch immer, selbst wenn es hier und da etwas verwirrend ist. Wenn ich früher etwas nicht verstand oder mir nicht ganz sicher war, habe ich meinen Vater gefragt. Er hatte nicht nur immer eine Antwort, er hatte die richtige Antwort. Nicht, dass er der Schmusevater gewesen wäre, er war eher distanziert, selbst der Familie gegenüber, aber er hat alles für uns getan. Ich glaube das liegt daran, dass er selbst ohne Vater aufgewachsen ist. Sein Vater ist in Russland gefallen – verschollen. So musste er für seine Mutter und die Schwester schnell Verantwortung übernehmen, und so etwas prägt, insbesondere in der Nachkriegszeit, in der es an allem mangelte. Er hat nie viel über diese schwere Zeit erzählt.

Mein Vater ist auf der Palliativstation eines Krankenhauses gestorben. Meine Mutter war bei ihm, und das war für mich sehr tröstlich. Wenn ich selbst auch allein gestorben bin und das irgendwie in Ordnung war, freut es mich, dass meine Mutter bei meinem Vater war. Als ich von der Diagnose Pankreas-Karzinom erfuhr, hatte ich dieses panikartige, flaue Gefühl im Magen, das man als kleines Kind bekommt, wenn man die Eltern im Einkaufsgedränge verliert. Man hat diese unglaubliche Angst, sie nie wiederfinden zu können und plötzlich allein zu sein. Tränen steigen einem in die Augen.

Ich fragte einen Freund, der Medizin studierte, wie viel Hoffnung es gab. „Keine", sagte er mit ernster Miene und ein wenig theatralisch, aber wie sich herausstellte, wahrheitsgemäß. „Noch ein Tipp von mir", ergänzte er. „Frag deinen Vater, was du ihn noch fragen möchtest, klär alles, was zu klären ist. Und vor allem – mach es bald." Auch damit sollte er recht behalten. Einmal, als ich meinen Vater sah, dachte ich, Mann, ist Papa dünn geworden! Er verschwindet immer mehr. Er hat noch immer schöne Beine, ein gütiges Gesicht, einen perfekt funktionierenden Verstand. Was für eine Verschwendung!

Eines Tages hatte ich das Gefühl: Das war es jetzt. Ich wusste irgendwie: Heute sehe ihn zum letzten Mal. Da muss ich doch etwas Wesentliches, Passendes, Bewegendes oder zumindest Tröstliches sagen. Da kann man nicht einfach nur reden und dann gehen. Aber was soll ich sagen? Mir fällt nichts ein. Ich bin sprachlos, obwohl es viel zu sagen gäbe. Was mache ich nur? Es fällt mir schwer, zu bleiben, weil es mich schmerzt, ihn so zu sehen, ich kann nicht gehen, weil ich ihn verlieren werde und nicht verlieren möchte. Papa ist so tapfer. Er sagt, die Metastasen hätten jetzt auf die Leber übergegriffen. Mir kommen die Tränen, aber ich darf nicht weinen, oder darf ich? Ich weiß wieder nicht, was ich sagen soll. Er lächelt mich an und sagt, an irgendwas müsste man ja sterben. Ich bin völlig hilflos, völlig überfordert. Das Zimmer hat einen wunderschönen Blick auf die Alpen, und das Wetter ist herrlich. Aber ich kann jetzt nicht über das Wetter reden. Ich denke daran, wie oft er noch die Sonne aufgehen sehen wird. Ich denke an die Redewendung „Seine Tage sind gezählt". Ich hoffe auf ein Wunder, eine Spontanheilung, mein Vater nicht. Er ist viel zu sehr Realist.

Ich greife nach seiner Hand und halte sie. Das ist komisch, weil wir das früher nie gemacht haben. Kann man zu intim sein in so einer Situation? Er erkundigt sich nach meinem Leben, als ob das noch eine Bedeutung für ihn haben könnte, als ob er noch Teil meines zukünftigen Lebens sein könnte. Eine Schwester kommt rein und fragt, ob alles in Ordnung sei. Ich möchte ihr ins Gesicht springen und schreien: Nichts ist in Ordnung! Mein Vater stirbt! Ich bleibe freundlich.

Mein Vater beschwert sich darüber, dass die Bettdecke nicht akkurat liegt. Er selbst kann sie schon nicht mehr richten, wie er es gern hätte, und der Arzt hätte um 10 Uhr kommen wollen, und jetzt sei er schon 15 Minuten über die Zeit. Präzision. Ich denke: So ist er, mein Vater, so war er immer. Kann ich daraus irgendeinen Vorwurf konstruieren, der es mir leichter macht, von ihm Abschied zu nehmen? Kann ich mir einreden, er wäre ein Pedant und hätte seine Familie ständig tyrannisiert? Nein, von der Seite ist keine Hilfe zu erwarten.

Ich möchte von ihm Abschied nehmen, ihm sagen, dass ich ihn vermissen werde, dass er ein guter Vater war, dass er sich wegen mir keine Sorgen machen muss, aber ich weiß nicht wie. Denn wenn ich mich von ihm verabschiede, akzeptiere ich, dass er das nächste Mal nicht mehr da sein wird, dass er dann tot sein wird. Ich lüge und sage: „Auf Wiedersehen, Papa."

Mein Vater sieht mich vom Bett aus an und lächelt mir zu. Ich schließe von draußen die Tür hinter mir, gehe in die Knie und weine. Ich weine wie ein Kind, zucke am ganzen Körper, kann mich nicht beruhigen, weine leise, damit es niemand hört – vor allem nicht mein Vater. Dabei gibt es etwas in mir, das sich danach sehnt, vor meinem Papa und mit meinem Papa zusammen zu weinen, endlich rauszulassen, wie scheiße das ist, dass er stirbt, nicht alles Unangenehme zu verschweigen, zu übergehen. Etwas in mir möchte sich gemeinsam mit meinem Vater dem Schmerz hingeben, aber ich weiß, dass mein Vater das nicht möchte. Haltung bewahren.

Ich schleiche mich aus dem Krankenhaus und werde meinen Vater nicht mehr wiedersehen. Ha! Bis auf jetzt. Jetzt ist diese Trennung aufgehoben. Gleich werde ich meinen Vater wieder treffen. Ich habe es hinausgezögert, vielleicht, weil er meine Entscheidung, mein Leben zu beenden, falsch finden könnte. Ich weiß es nicht.

Nach seinem Tod: Sie spielen das falsche Lied auf der Beerdigung. Die ganze Familie merkt es, bleibt stumm, was soll man auch machen? Außer der Familie ist kaum jemand gekommen. Das ist nicht traurig, das ist gut. Genau so hätte es meinem Vater gefallen. Mehr als die Familie brauchte er in seinem Leben nicht, warum also bei seiner Beerdigung? Sein Tod wird selbst beim Leichenschmaus konsequent verdrängt.

Über alles wird gesprochen, nur nicht über meinen Vater.

In der Zeit danach fällt es mir schwer, ein Bild von ihm anzusehen. Ich kann es einfach nicht. Es erinnert mich nicht an sein Leben, sondern an seinen Tod oder an meinen eigenen. Überall sehe ich den Tod. Ich treffe alte Menschen und denke, die werden bald tot sein. Ich sehe Kinder spielen und denke, euch wird es auch irgendwann erwischen. Stirbt ein Prominenter, will ich ganz genau die Umstände seines Todes wissen und wie alt er geworden ist. Ist er jünger als mein Vater gestorben, triumphiere ich innerlich. Das Alter der Leute wird plötzlich wichtig für mich. Sehe ich jemand Prominenten im Fernsehen oder lese etwas über ihn, wird sofort das iPhone rausgeholt und gegoogelt: Lebt er noch? Wie alt ist er? Ist seine Frau schon gestorben? Oder wenigstens: Wie sind seine Eltern gestorben? Wichtig ist auch, wer noch alles an Bauch-speicheldrüsenkrebs gestorben ist. Hier ein kurzer Auszug meiner Liste: Little Joe alias Michael Landon, Patrick Swayze, Luciano Pavarotti, Ben Gazzara und, nicht zu vergessen, Steve Jobs. Mit dem werde ich mich noch unterhalten. Kann mich das alles trösten? Kann es nicht. Nimmt es dem Tod seinen Schrecken? Nein, im Gegenteil.

Der Gedanke, dass auch ich einmal sterben werde, machte mir damals plötzlich Angst, denn der Tod wurde durch den Tod meines Vaters plötzlich real. Früher dachte ich irgendwie immer, es würde in anderen Familien passieren, nicht bei uns. Und dann mein Vater, das war unglaublich, da wackelte mein ganzes Weltbild.

Heute wackelt da überhaupt nichts mehr. Heute sehe ich meinen Vater wieder, denn auch hier brauche ich etwas Orientierung, und ein paar offene Fragen gibt es selbst hier noch.

Ich treffe ihn in einer Kirche, was schon komisch ist, weil mein Vater nicht an Gott glaubte. Er ging durchaus in Kirchen, aber nicht zum Beten. Mein Bruder und ich erhielten zusammen die Firmung, damit mein Vater nicht gezwungen war, deswegen zweimal zur Kirche zu gehen. Dann habe ich ihn eigentlich nur noch bei der Beerdigung seiner Mutter der Pflicht wegen in einer Kirche gesehen. Dennoch gibt es kaum eine wichtige Kirche in Europa, in der mein Vater nicht gewesen ist, weil ihn das Historische interessierte. Er wusste mehr über Päpste, Kaiser und Könige, über Baustile und historische Zusammenhänge als irgendjemand sonst, den ich kannte.

Mein Vater riet mir früher, eine Kirche immer mit Bestimmtheit zu betreten. „Geh nicht durch einen Nebeneingang oder durch die Seitenschiffe hinein", sagte er, „sondern direkt vom Haupteingang zum Altar. Schreite wie ein König und blicke dich um. Nimm alles auf, was du sehen kannst, und lass es auf dich wirken. Die Einzelheiten kannst du später erkunden, aber das erste Gefühl prägt, und das ist es, was dich immer an eben diese Kirche erinnern wird." Warum also nicht eine Kirche?

Als ich ihn sehe, ist meine ganze Anspannung wie weggeblasen. Er sieht prima aus, nicht abgemagert wie gegen Ende seiner Krankheit. Mit ausgestreckten Armen kommt er mir entgegen und nimmt mich in die Arme. Er riecht wie früher, sein Bart kratzt wie früher, es ist herrlich.

„Komm, setz dich zu mir", sagt er und bietet mir einen Platz neben sich auf der Bank an. Er faltet die Hände, legt sie auf seinen Schoß und schaut sich um.

Ich betrachte seine Hände, die ich immer schon gemocht habe, und sehe sie vor mir, wie er mit ihnen geschraubt, gelötet, gebaut und gelebt hat. Wie er uns Kindern das Badewasser mischte und mit seinen Händen wie ein Ozeanriese einen Weg durch das Meer der Wanne bahnte. Wie er meiner Mutter zärtlich über das Gesicht strich, wie er Heizung, Dach, Brille, Auto und vieles, vieles mehr reparierte, beim Autofahren mit seinen Fingern den Takt auf dem Lenkrad klopfte. Wie er uns Kindern Pfeil und Bogen und einen Drachen baute – obwohl wir lieber einen gekauft hätten. Wie er seine Kreuzworträtsel mit diesen Händen machte und wie sie am Ende kraftlos auf der Decke des Krankenhausbetts lagen.

„Schau mal, wie schön diese Kirche ist. Gotisch, ohne diesen ganzen Schnickschnack, den ich nie mochte. Schöne klare Linien. Wenn ich an Gott geglaubt hätte, ich hätte ihn in so einer Kirche gesucht."

Ach, ist das gut, seine Stimme zu hören. Er hätte mir das Telefonbuch vorlesen können, und ich hätte es genossen.

Er spitzt ein wenig die Lippen, wie er es immer machte, wenn er etwas konzentriert betrachtete. Dann dreht er sich zu mir und sagt: „Was rede ich da von Gotik. Wie geht es dir, und vor allem, was machst du schon hier? Wann bist du gestorben? Seit wann bist du tot?"

„Gestorben schon vor einiger Zeit, tot seit gestern", antworte ich wahrheitsgemäß, stelle aber gleich fest, dass er mit einer Zeitangabe nicht mehr viel anfangen kann. Ich will nicht von mir erzählen, noch nicht. Darum frage ich: „Wann bist du gestorben?"

Er lächelt. „Ich habe mit vielen hier gesprochen und viele Geschichten gehört. Der eine ist schon bei seiner Geburt gestorben", – ich muss an Elvis denken –, „andere später durch irgendeinen Schicksalsschlag. Es gibt aber auch welche, bei denen fallen das Sterben und der Tod zusammen. So ist es auch mir ergangen. Natürlich habe ich meine schwierigen Zeiten gehabt, besonders als Kind. Und als meine Schwester gestorben ist, war das schwer, genauso wie der Tod meiner Mutter. Nur habe ich nie einen größeren Zusammenhang oder Sinn im Leben gesucht. Du weißt, für mich war das Leben ein rein biologischer Prozess, und wenn man tot ist, ist man tot."

Ich erinnere mich an unsere letzten Gespräche, als ich ihm sagte, er würde vielleicht seine Mutter treffen, wenn er tot sei, und wie er das kategorisch ausgeschlossen hatte. Ich will es gerade einwenden, als er beschwichtigend die Arme hebt: „Ja ja, ich weiß, es ist anders gekommen."

„Ist dir das Sterben schwergefallen?", frage ich ihn aus einem bestimmten Grund, denn meine Mutter hatte mir erzählt, mein Vater hätte in dem Moment, als er starb, gelächelt. Meine Mutter fand das sehr merkwürdig, zumal er vorher sehr angespannt gewesen sei, aber im Moment des Todes hat er gelächelt. Für mich ist es jetzt keine große Überraschung, aber damals war das schon unheimlich. Jetzt will ich es von ihm selbst hören.

„Bub …", er nimmt mich in den Arm und drückt mich an sich wie ein kleines Kind, „Bub, ein Leben ist ein Leben, egal, wie lange es dauert. Wenn es vorbei ist, ist es vorbei. Warum hätte mir das Sterben schwerfallen sollen? Schau, wir akzeptieren unsere Geburt und freuen uns, auf der Welt zu sein. Warum sollten wir dann nicht auch unseren Tod akzeptieren? Das ist wie bei einem Urlaub. Wenn man wegfährt, weiß man doch, dass man wieder zurückmuss. Manche wollen nicht weg und noch bleiben, andere sind froh, wieder zu Hause zu sein. Und das sind wir jetzt hier alle – zu Hause. Oder etwa nicht? Als ich das erkannte und sah, wohin mich der Tod führte, musste ich lächeln. Das versteht man als Lebender natürlich nicht, erst, wenn man tot ist."

Er hat es mal wieder auf den Punkt gebracht. Genau so fühlt es sich an, obwohl ich irgendwo ganz tief in mir drinnen spüre, dass es einen Unterschied zwischen meinem Vater und mir gibt. Ich weiß nicht welchen, aber irgendetwas ist anders.

Noch etwas interessiert mich brennend. Ich hatte mir eine Zeit lang viele Gedanken um den Tod und das, was danach kommt, gemacht, aber mein Vater null. Hat es nun einen Sinn oder nicht, sich mit dem Tod schon zu Lebzeiten zu beschäftigen? Also frage ich ihn: „Bist du einfacher oder glücklicher gestorben, weil du dachtest, da kommt nichts mehr? Oder denkst du jetzt, du hättest dir ein wenig mehr Gedanken darübermachen sollen?"

Mein Vater schmunzelt. Es ist schon erstaunlich, dass er sich auch hier in allem so sicher ist. „Jeder kann das machen, wie er möchte", antwortet er. „Für die einen ist es wichtig und tröstlich, an eine höhere Macht zu glauben. Das gibt ihnen Sicherheit und ihrem Leben Sinn. Andere, wie ich, verdrängen den Tod, weil er sowieso unumgänglich ist. Auch das ist in Ordnung, denn es hat mein Leben zum Beispiel fröhlicher gemacht. Es gibt welche, die haben an Götter geglaubt und ihr Leben danach ausgerichtet. Von ihnen habe ich hier einige getroffen. Sehr interessant. Jeder, der lebt, soll seinem Gefühl folgen und glauben, was ihm Spaß macht. Alles, was das eigene Leben schöner macht und kein anderes zerstört, ist erlaubt. Nur, mein Bub, wie wir beide jetzt wissen, wird kein Lebender je herausfinden, wie es hier wirklich ist. Das kann sich niemand vorstellen. Leben und Tod sind ein geheimes Spiel, dessen Spielregeln ein Lebender nie verstehen oder auch nur erraten wird. Und das ist gut so."

Mehr ist nicht zu sagen. Tatsache ist, wenn man erst einmal hier ist, hat man kein großes Interesse mehr am

Tod. Die Prioritäten verändern sich. Mein Vater trifft sich jetzt mit seiner Mutter und seiner Schwester, und ich glaube, er hat auch seinen Vater gefunden, da bin ich mir aber nicht ganz sicher, weil er es nicht erwähnt hat. Ganz oben auf seiner Gesprächs-Wunschliste standen für ihn als Geschichtsgelehrten selbstverständlich Personen der Zeitgeschichte. Für ihn ist das jetzt der wahre Himmel. Er hat mir von seinen Gesprächen mit Karl dem Großen, König Ludwig II., Dschingis Khan und vielen anderen erzählt. Es ist wie früher, ich verstehe kaum etwas, nicke aber interessiert, weil es mir guttut, ihn sprechen zu hören. Mann, wie sehr ich ihn vermisst habe. Wie gut es ist, bei ihm zu sein. Ich werde ihn sicherlich oft treffen. Es gibt noch so viel zu fragen.

Ich will auch jetzt weiter mit ihm sprechen, ihm sagen, dass ich selbst nach seinem Tod immer versucht habe, ihn auf mich stolz zu machen, doch da sind wieder die weißen Blitze. Mein Vater sieht sie nicht. Er rät mir, mal mit Sokrates zu sprechen. Ehrlich gesagt habe ich Sokrates nicht auf meiner Liste stehen, aber wenn mein Vater es vorschlägt ...

Der Tod will gut überlegt sein

Sokrates nervt ein wenig

Natürlich, wie kann es mit ihm anders sein – ein Sokratischer Dialog, ein Frage-und-Antwort-Spiel, wenn auch anfangs etwas holprig.

Sokrates ist so, wie ich ihn mir vorgestellt habe: groß, lichtes weißes Haar, um die 60 Jahre alt, braun gebrannt von der Sonne Athens und barfuß. Mir sagen Zehen eigentlich nichts, aber seine finde ich anmutig und schön. Er ist in eine cremefarbene Toga gehüllt, kein Schmuck, keine Ringe, alles in allem sehr schlicht und würdevoll. Er begrüßt mich freundlich, nicht anbiedernd, eher zurückhaltend, und kommt, ganz wie es seine Art zu sein scheint, sofort zur Sache.

Sokrates: „Weißt du, warum du hier bist?"

Ich: „Ja."

Sokrates: „Entschuldige, mein Freund, so funktioniert das nicht. Lass mich bitte das Prinzip eines Gespräches, wie ich es für fruchtbar halte, kurz erläutern. Ich frage dich, weil ich aus deiner Antwort etwas lernen möchte, so wie du aus meiner. Und nicht nur das, unsere Antworten provozieren weitere Fragen. So entwickeln wir uns immer weiter und kommen der Wahrheit oder dem Sinn unseres Gespräches näher. Dazu musst du aber präzisere Antworten geben. Ein einfaches Ja ist da zu wenig."

Ich: „Verstehe. Also, ich bin hier, weil ich meine Tochter suche."

Sokrates: „Du bist demnach freiwillig hierher gekommen?"

Ich: „Ja, aus freiem Willen."

Sokrates: „Aus freiem Willen, sagst du. Hm, damit beschäftigen wir uns später. Da du auf der Suche nach ihr bist, nehme ich zum einen an, dass du sie noch nicht gefunden hast, und zum anderen, dass sie schon gestorben ist, sonst wäre es sinnlos, sie gerade hier zu suchen, richtig?"

Ich: „Ja, sie ist tot, und ja, ich habe sie noch nicht gefunden."

Sokrates: „Wie heißt deine Tochter?"

Ich: „Sophie. Ihr Name ist Sophie."

Sokrates: „Ein schöner Name. Ein griechischer Name. Du kennst sicherlich seine Bedeutung, hast ihn ganz bewusst gewählt?"

Ich: „Nun ja, ich habe ihn in erster Linie gewählt, weil ich ihn schön fand."

Sokrates: „Er leitet sich von ‚sophia', die Wahrheit, ab, wie Philosophie von ‚philos', der Freund, und ‚sophia', die Weisheit. Ein Philosoph ist demnach ein ‚Freund der Wahrheit', aber das nur am Rande. Wie alt ist sie geworden?"

Ich: „Fünf Tage, drei Stunden und elf Minuten."

Sokrates: „Sehr jung. Hm. Dann wirst du folglich nicht viele Erlebnisse mir ihr gehabt haben, die dich jetzt trösten könnten."

Ich: „Viele? Es kommt doch nicht auf die Anzahl an. Wir hatten wenige, aber sehr intensive Momente miteinander, zumindest einen, als sie mich am kleinen Finger festhielt und ich mit meinem ganzen Körper diese Verbindung spürte, die nur ein Vater empfinden kann."

Sokrates: „Da gebe ich dir selbstverständlich recht. Qualität kommt vor Quantität, nur solltest du eines wissen. Wir machen hier keine neuen Erfahrungen mit Menschen, die wir zu Lebzeiten kannten. Hier wird nur reproduziert und interpretiert, was im Leben stattgefunden hat. Es gibt keine Weiterentwicklung. Denk an das Gespräch mit deinem Vater. Erinnerungen, gespeist von gemeinsamen Erlebnissen – nicht mehr. Hier wird nicht weitergelebt, hier gibt es keine Zeit mehr, hier werden wir nicht älter und nicht jünger. Es wird für dich schwierig werden, hier Neues zu finden."

Ich: „Das wusste ich nicht, aber es ist mir egal. Hauptsache, ich sehe Sophie wieder."

Sokrates: „Hm, du musst sie sehr lieben, wenn du den weiten Weg bis hierher gekommen bist, um sie zu finden."

Ich: „Jetzt hast du den Punkt getroffen. Es geht um Liebe, grenzenlose Liebe über das Leben hinaus. Genau so ist es. Ich habe alles aufgegeben, um bei meiner Tochter zu sein."

Sokrates: „Alles aufgegeben?"

Ich: „Ja, mein Leben. Ich habe alles, mein ganzes Leben, dafür gegeben, um zu ihr zu kommen."

Sokrates: „Das Leben ist demnach alles?"

Ich: „Für mich war es das schon, obwohl du recht hast. Mein Alles ist nicht allzu viel gewesen. Es gab für mich nichts aufzugeben, weil ich nichts mehr hatte."

Sokrates: „Dann war es kein großes Opfer zu sterben?"

Ich: „Äh, na ja, wenn du es so siehst, ja."

Sokrates: „Meinst du jetzt hier noch immer, das Leben wäre alles?"

Ich: „Weiß ich nicht. Vielleicht ist der Tod alles."

Sokrates: „Oder beides stimmt."

Ich: „Oder beides stimmt."

Sokrates: „Oder es gibt den Tod nur durch das Leben und das Leben nur durch den Tod. Und das ist dann alles."

Ich: „Oder so."

Sokrates: „Oder so. Ich würde darauf gerne etwas detaillierter eingehen. Darum werde ich dir eine kleine Geschichte davon erzählen, warum für mich bereits früher kein großer Unterschied zwischen Leben und Tod bestand. Sie handelt von meiner Verhandlung und meinem Todesurteil. Ich hatte keine Angst vor dem Tod. Warum auch? Prinzipiell gab es nur zwei Möglichkeiten, die infrage kamen. Die eine: Mit dem Tod ist alles vorbei. Wenn nichts mehr kommt, gibt es nichts, vor dem wir uns fürchten müssten. Es ist dann wie ein ewig fortdauernder Schlaf, tief und angenehm und für uns bedeutungslos. Die andere Möglichkeit: Wir kommen an einen Ort, an dem alle Verstorbenen sind. Auch gut, dann geht es auf einer anderen Ebene weiter. Daraus entwickeln sich viele Möglichkeiten, man kann sich dann vielleicht sogar mit Personen, die man zu Lebzeiten nie getroffen hat, und mit der Familie austauschen. Ich war mir also bewusst, dass der Tod kein Übel ist. Das gab mir eine große Freiheit im Handeln. Am Abend vor meiner Hinrichtung erklärte ich es meinem Schüler Platon so: Kann das Hin-Richten des Lebens nicht auch ein Ein-Renken des Lebens sein und damit zu einer Verbesserung führen? Unzählige sind vor uns diesen Weg gegangen, und Unzählige werden es nach uns tun. Warum also verzweifeln? Ich habe jedenfalls den Schierlingsbecher genommen und in einem Zuge gelehrt. Für mich waren Leben und Tod eben schon damals nur die unterschiedlichen Seiten derselben Münze."

Ich: „Aber du hättest fliehen können. Warum bist du geblieben?"

Sokrates: „Weil wir wie jeder Mensch dem Leben gegenüber die Verpflichtung haben, es treu nach unseren individuellen Grundsätzen zu führen. Jeder hat andere Grundsätze, aber jeder hat welche. Jeder, der sie finden möchte, muss nur tief in sich schauen, und er wird seine innere Stimme hören. Ihr dann zu folgen, ist seine Pflicht, denn das ist der Grund für unser Dasein. Eine Flucht hätte daher alles, wofür ich gestanden habe, zunichtegemacht. Ich hatte schon vieles erreicht und bewegt in meinem Leben. Neben Feinden waren da viele Freunde, Menschen, die meinen Lehren folgten. So war ich anfangs sogar der Meinung, ich bräuchte vor dem Tribunal nicht ein einziges Wort zu sagen, denn mein bisheriges Leben würde mich hinreichend verteidigen. Vielleicht war es etwas überheblich und arrogant, aber es war vollkommen wahrhaftig. Wie auch immer. Auf jeden Fall blieb ich und akzeptierte den Richterspruch, weil ich mich ein Leben lang für die Gleichheit aller vor Gericht eingesetzt hatte. Diese Gleichheit infrage zu stellen, hätte bedeutet, mein Lebenswerk infrage zu stellen. Das wollte ich nicht. Und außerdem, wie ich schon sagte, sah ich keinen großen Unterschied zwischen Leben und Tod. Ich entgegnete den Geschworenen damals: ‚Jetzt ist es Zeit, dass wir gehen – ich, um zu sterben, ihr, um zu leben. Wer aber von uns den besseren Weg beschreitet, das weiß niemand.' Worauf ich hinauswill, ist: Im Leben geht es um Überzeugungen, unerschütterliche Überzeugungen. Ich spreche dabei von einer festen Meinung den Dingen gegenüber, nicht vom Glauben. Glaube ist zu wenig, es muss Gewissheit herrschen, und sie erreicht man nur durch Nachdenken, durch Austausch und Ehrlichkeit sich selbst gegenüber. Erst, wenn du das erreicht hast, kannst du eine richtige Entscheidung treffen, so wie ich entschied, mein Todesurteil zu akzeptieren und bis zum Tod unbeugsam meine Ideale zu vertreten. Aber was ist mit dir? Was hat dich wirklich hierher geführt, aus freiem Willen, wie du sagst?"

Ich: „Habe ich doch gesagt. Meine Tochter."

Sokrates: „Tatsächlich? Horche einen Augenblick in dich hinein. Schließe, wenn es dir so leichter fällt, die Augen und sage mir: Warum hast du die Entscheidung getroffen, zu sterben?"

Ich: „Ich wollte eine gemeinsame Zeit mit meiner Tochter im Tod, wenn wir schon keine gemeinsame Zeit im Leben verbringen durften. Ich war traurig, weil sie gestorben ist. Sie ist gestorben, bevor sie wirklich leben konnte. Zu früh. Ihr Leben war viel zu kurz."

Sokrates: „Zu früh, meinst du? Wie lange, meinst du denn, sollte man gelebt haben, damit das Leben nicht zu kurz ist?"

Ich: „Na ja, man sollte schon Liebe empfangen und gegeben haben. Darum geht es doch im Leben, oder?"

Sokrates: „Hat sie das nicht, als sie deinen Finger festhielt? Erinnere dich, dass wir gesagt haben, Qualität kommt vor Quantität. Nur, weil etwas mehr ist oder länger dauert, ist es nicht zwangsläufig besser. Das gilt auch für das Leben. Es mag Greise geben, die nie dieses Gefühl hatten wie du bei dieser innigen Verbindung zwischen deiner Tochter und dir. Da es im Leben aber, wie du richtig feststellst, nur um Liebe geht, hatte deine Sophie unter Umständen ein erfüllteres Leben als ein solcher alter Mann. Stimmst du mir zu?"

Ich: „Ja schon, aber wer dieses Gefühl einmal genossen hat, möchte es immer wieder erleben, und wenn man es nicht bekommt, ist man traurig, unvollständig, verloren …"

Sokrates: „Du sprichst nur über Gefühle wie Schmerz, Liebe und Trauer. Sie haben dich hierher gebracht, das steht fest. Das ist eine wichtige Erkenntnis, finde ich, die entscheidende, wenn du mich fragst. Denn Schmerz und Trauer entspringen keiner Überzeugung, keinem Gedanken, es sind lediglich Gefühle."

Ich: „Was heißt denn nur Gefühle? Es brennt eine Sehnsucht in mir, meine Tochter zu sehen. Ich habe viele Gefühle!"

Sokrates: „Ja, natürlich, wahrscheinlich auch Wut auf die Krankheit, die für den Tod deiner Tochter verantwortlich ist, und Enttäuschung darüber, dass dich keiner verstanden hat, und Verzweiflung über das Alleinsein und Frust, weil dein Leben nicht verlaufen ist, wie du es dir erträumt hast, und vieles mehr. Nur, Gefühle allein sind ein schlechter Ratgeber. Sicher sind sie wichtig, um uns Wege aufzuzeigen, aber um diese dann zu gehen, ist mehr nötig als nur Gefühle. Dazu muss man diese klare und feste innere Haltung entwickeln, von der ich bereits gesprochen habe, und das geht nur über die schonungslose Auseinandersetzung mit dem Problem und mit einem selbst. Gefühle allein dürfen nie unser Handeln bestimmen, das scheint mir das Ziel unseres Gespräches zu sein. Deswegen sind wir hier zusammen, und deswegen wolltest du mit mir sprechen. Du möchtest wissen, ob es richtig war, deinem Leben ein Ende zu setzen."

Ich: „Findest du denn, es war ein Fehler, mich umzubringen?"

Sokrates: „Mein lieber Freund, ich kann das nicht einmal erahnen. Nur du allein kannst das herausfinden, und das solltest du. Es ist ein unangenehmer, steiniger Weg zur Erkenntnis, aber auch ein lohnender und erhabener. Versuche deine innere Stimme zu hören. Schau tief in dich hinein und geh dorthin, wo es wehtut. Gib nicht nach und gib nicht auf. Wenn es schmerzt, bist du auf dem richtigen Pfad. Bleib treu …"

Ich: „Ich habe mich entschieden, und diese Entscheidung steht!"

Sokrates: „Du machst es dir zu leicht. Die Dinge sind selten so, wie sie scheinen. Es lohnt immer, seine Entscheidungen zu überdenken, kritisch zu prüfen, ob sie den eigenen Überzeugungen entspringen. Was hast du zu verlieren?"

Ich: „Ich dachte, du würdest mich verstehen."

Sokrates: „Ich verstehe dich sogar sehr gut, denn aus mir sprichst ja du. Meine Gedanken sind deine Gedanken und meine Zweifel deine Zweifel. Wenn ich also möchte, dass du dich prüfst, dann bist es eigentlich du, der das verlangt."

Also ehrlich, ich hatte jetzt wirklich keine Lust, weiterzudiskutieren. Der alte Mann redete langsam wirres Zeug. Außerdem musste ich jetzt endlich meine Tochter finden.

Das Leben ist nicht genug

Ich fasse den Entschluss

Gestern bin ich gestorben. So schwer war es wirklich nicht. Sophie weg, Susanne weg, da ging es ziemlich einfach, aber erstaunlich langsam. An einem Sommerabend in München habe ich gemerkt, dass ich zu sterben beginne. Ich ging mit geschlossenen Augen und Kopfhörern über den Pariser Platz in Haidhausen und hörte die Ouvertüre von Tannhäuser. Ich stand mitten auf dem Platz wie eine Insel. Die Autos flossen lautlos an mir vorüber, und ich war selig, die Musik so intensiv und schön, dass ich zu sterben begann. Ich begann zu sterben, und es war so wunderschön, so intensiv und wesentlich, so wie jetzt. Das war doch genial, ist es noch. Und warm. Wärmer als das Leben. Dann habe ich zu arbeiten aufgehört, denn das Arbeiten entfernte mich zu sehr vom Sterben. Man kann nicht gleichzeitig arbeiten und sterben. Das geht nicht, das habe ich gelernt. Auch die Freunde haben mich immer weniger verstanden. Warum nur haben sie immer wieder versucht, mich ins Leben zurückzuzerren? Das machen echte Freunde nicht. Freunde bringen einen weiter und halten einen nicht auf! Als ich mich von meinen Freunden wortlos verabschiedete, um endlich in Ruhe zu sterben, haben sie mich überhaupt nicht gehört und weiterhin getan, als wäre ich einer von ihnen und würde weiter mit ihnen leben. Narren, Ignoranten, Lebende!

Irgendwann habe ich dann gemerkt, dass es nicht reicht, zu sterben. Ich musste auch tot sein, sonst hätte das nie aufgehört. Man muss schon konsequent sein und darf sich nicht von seinem Weg abbringen lassen.

Viele haben das nicht verstanden und mich davon abzuhalten versucht. Hier ein paar klägliche Versuche, mich beim Sterben zu stören, und einer, der mir ungewollt Mut gemacht hat, diesen wichtigen Schritt zu gehen.

Es war der Versuch meines besten Freundes. Er lud mich in unsere Lieblingskneipe ein. Na ja, es war unsere Lieblingskneipe gewesen, bis ich Susanne traf. Wir waren lange nicht mehr zusammen hier gewesen.

Er bestellt zwei Bier und sagt: „Ich weiß, du bist jetzt down, und das alles ist wirklich scheiße gelaufen, aber sieh es mal so. Susanne, die war doch nie im Leben die Richtige für dich. Das konnte nicht gut gehen, habe ich dir übrigens von Anfang an gesagt. Aber gut, Schwamm drüber. Auf jeden Fall ist das nicht die Frau fürs Leben, oder? Und jetzt hat es sich geklärt. Sie ist weg, und du bist wieder frei!"

„Es geht nicht nur um Susanne", werfe ich ein.

„Ja klar, es geht um das Kind. Sophie war ihr Name, richtig?".

„Sophie ist der Name meiner Tochter."

"Klar, verstehe. Das ist echt scheiße, nur, es ist noch nicht vorbei. Du kannst noch immer Kinder haben, du bist bestimmt ein toller Vater. Aber nach all der Trauer ist es Zeit, das Leben wieder zu genießen, in vollen Zügen, mein Lieber. Vielleicht bist du etwas aus der Übung, aber das macht nichts, das kriegen wir wieder hin. Weißt du noch, wie viel Spaß wir vor Susanne hatten? Denk mal an die Weißen Feste in der Max-Emanuel-Brauerei im Fasching, wie wir uns mit den anderen zum Schluss nackt ausgezogen und gegenseitig auf der Bühne mit weißer Farbe bemalt haben. Irre! Oder wie wir aufs Uni-Sommerfest wollten, keine Karten hatten, mit unseren gefälschten Presseausweisen nicht reinkamen und dann mit anderen um die Uni geschlichen sind, um ein offenes Fenster zu finden. Mann, wir hätten uns fast den Hals gebrochen, als wir oben eingestiegen sind, in irgendeinen Hörsaal, und dann ab zu den Mädels. Oder weißt du noch, das Sechstagerennen? Als wir besoffen mit der Ärztin zu mir nach Hause gegangen sind? Wie war nur ihr Name?"

„Keine Ahnung, das ist eine Ewigkeit her." Ich war so müde.

„Nein, gerade mal drei Jahre! Die guten alten Zeiten im Olympiadorf, du im Bungalow, ich im Hochhaus. Das können wir jetzt alles wieder haben. Wir beide, wie früher!"

„Nichts ist wie früher, nichts wird wieder sein, wie es einmal war." Ich wollte gehen. All die Touren von früher schienen mir irreal. Sie waren so weit weg, ich konnte mich nur noch vage daran erinnern, aber er ließ nicht locker, gab sich nicht so leicht geschlagen.

„Worum geht es denn im Leben?", fuhr er fort. „Spaß haben, die Sau rauslassen. Wir beide können das. Wir sehen super aus, haben Charme, zwar kein Geld, aber einen Schlag bei Frauen. Das Leben ist kurz, also lass uns das Beste daraus machen."

„Kurz? Für meine Tochter war das Leben zu kurz", stellte ich leise fest.

„Was ist nur los mit dir? Ja, das Leben ist kurz, für deine Kleine besonders kurz, und morgen fällt mir ein Stein auf den Kopf, und ich bin tot. Was habe ich dann vom Leben gehabt? Wir sollten jeden Tag leben, als wäre es unser letzter. Morgen ist vielleicht alles vorbei."

„Es ist schon längst vorbei, verstehst du das nicht? Es ist vorbei mit Feiern und Lustig. Mein Leben ist kaputt, weil es nicht mehr vollständig ist. Ich bin wie ein Auto mit drei Reifen, ich kann nicht mehr fahren, und da hilft es mir nicht, daran zu denken, welche tollen Strecken ich früher einmal gefahren bin." So langsam war ich echt genervt.

Ein bester Freund gibt nicht auf. „Du denkst zu viel nach. Mach dich mal locker, anderen ist größeres Unheil geschehen, und die leben glücklich weiter. Ich gebe dir ein Beispiel, von dem ich letztens gehört habe. Nach dem 11. September waren natürlich viele Hinterbliebene traumatisiert, die einen geliebten Menschen bei den Anschlägen auf das World Trade Center verloren haben. Die einen sind zu einem Psychologen in Therapie gegangen und haben das Ganze aufgearbeitet, immer wieder darüber gesprochen und auf diese Weise versucht, damit fertig zu werden. Die anderen haben, nachdem sie getrauert und geweint hatten, gesagt: ‚Shit happens, uns ist ein Unrecht geschehen, okay, aber wir wollen wieder Tritt fassen, die Trauer überwinden und Spaß am Leben haben.' Nach ein paar Jahren hat man sich die beiden

Gruppen angesehen, und was meinst du, ist rausge-
kommen?"

„Du wirst es mir sicher gleich verraten."

„Die Menschen, die sich für die Therapiegruppe
entschieden hatten, sind größtenteils noch immer in
Behandlung und haben noch nicht mit ihrem Unglück
abgeschlossen, weil sie es immer und immer wieder
erleben. In der anderen Gruppe gibt es prozentual
mehr Leute, die wieder geheiratet haben, wieder
fliegen können und Spaß am Leben haben. Sie haben
damit nicht ihre Angehörigen verraten oder ehren sie
weniger, sie haben nur verstanden, dass das Leben
nach einem schweren Schicksalsschlag weitergehen
muss. Verstehst du, was ich dir sagen möchte?"

„Ich bin ja nicht blöd, aber es gibt eben solche und
solche, und zum Therapeuten geh ich bestimmt
nicht!"

„Hm, ich weiß nicht, ob du mich wirklich verstehst.
Ich finde es richtig, dass du um deine Tochter trauerst,
aber das muss mal ein Ende haben, und das wird es
auch. Die Zeit – Achtung, Phrase! – wird deine
Wunde heilen, du musst dir nur diese Zeit geben. Ich
bin dann für dich da, wir gehen wieder auf die Rolle,
und du wirst wieder Spaß am Leben haben, denn es
wartet auf dich."

Er hatte recht mit dem, was er sagte, aber er verstand
nicht, wie tief mein Schmerz saß. Ich habe erst meine
Tochter verloren und dann Susanne. Auch wenn ich
es objektiv zu sehen versuche, mein Unglück ist
größer als das der anderen, nicht vergleichbar.

Der nächste Versuch, mich beim Sterben zu stören, kam von meiner Schwester. Wir waren bei ihr am See. Es war ein herrlicher Abend, das weiß ich noch, Hochsommer, die Sonne stand schon tief, und das Wasser glitzerte, so konnte ich meine Sonnenbrille auflassen, und das war gut so. Die letzten Nächte waren kurz und feucht gewesen. Die Mücken und die anderen Insekten waren unerträglich. Ich bin auf dem Land großgeworden, aber an diese Viecher kann ich mich einfach nicht gewöhnen, ich werde bei ihnen hektisch wie ein kleines Mädchen und fuchtele wild in der Gegend rum, vollkommen unentspannt. Der Rauch einer Zigarette soll sie vertreiben können, habe ich gehört. Falsch gehört, die ersten Stiche hatte ich schon, dennoch rauchte ich eine Zigarette nach der anderen.

Sie trank einen Tee, Kamille, wenn ich mich nicht täusche, ich ein Bier.

„Wie geht es dir denn, Bruderherz?", fragte sie und sah mich ehrlich besorgt an.

„Gut", sagte ich reflexartig, nicht wahrheitsgetreu, aber typisch, denn in unserer Familie gab es ja nie Probleme, die wurden konsequent ignoriert. Mein bester Freund hätte seine Freude an meiner Familie gehabt. Alle sind wahre Überlebenskünstler. In meiner Familie wurden Probleme ungern angesprochen und schon gar nicht wirklich besprochen, ganz bewusst. Mein Vater sagte immer, bei jedem Streit und jeder Auseinandersetzung bliebe etwas hangen, und das wolle er nicht. Ich glaube eher, es staut sich über die

Zeit bei jedem etwas auf, denn was man nicht ausspricht, bleibt in einem drinnen. Aber ‚Kindheit ist ein Land, aus dem wir kommen', wie Antoine de Saint-Exupéry so treffend gesagt hat, darum ging es mir also ‚gut'.

„Du bist so tapfer." Meine Schwester schaute mich traurig an. Sie sah das mit dem Verdrängen mittlerweile problematisch und versuchte sich mit allem und jedem bewusster auseinanderzusetzen und zu beschäftigen. Nur übertrieb sie es damit, wollte alles ausdiskutieren, und das nervte dann.

„Ach Bruderherz, ich bin so traurig, dass dein Traum nicht in Erfüllung gegangen ist. Es tut mir so leid. Ich wünschte, ich könnte es für dich rückgängig machen, aber ich kann es nicht. Ich sehe, wie gut du mit meinen Kindern umgehst. Du wärst sicher ein toller Vater geworden, aber – nenn mich konservativ – ein Kind braucht Mutter und Vater, und Susanne, na ja, ich mochte sie nie besonders. Ach, es ist ein Unglück. Es hätte alles so schön sein können mit der richtigen Frau."

Sie machte einen derart mitgenommenen Eindruck auf mich, dass ich mir ernsthaft überlegte, ob es nicht an mir wäre, sie jetzt zu trösten.

Um das Thema zu beenden, sagte ich: „Lass nur, das wird schon wieder."

„Nein, das wird es nicht …"

Jetzt war sie in ihrem Element, jetzt kam die Erfahrung aus vielen, vielen Therapiestunden zum Vorschein.

„… jedenfalls nicht, ohne dass du an dir arbeitest. Als Erstes musst du deine Gefühle zulassen, auch die negativen."

Kein Problem, da rannte sie offene Türen ein.

„Dann musst du erkennen, dass deine Situation Vorteile hat."

Ich war ehrlich gespannt, was kommen würde.

Sie überlegte und sagte: „Sieh es mal so. Auf der einen Seite haben wir zwar den Verlust deiner Tochter. Aber: Du hast keine Erinnerungen. Sie hat nie Papa zu dir gesagt, du hast sie nicht gefüttert, gewickelt, dein Verlust ist demnach imaginär."

Sie freute sich sichtlich über ihre Gedanken-spiele.

„Auf der anderen Seite hast du noch immer die Möglichkeit, ein Kind, ach was, viele Kinder zu bekommen. Du kannst den nicht realen Verlust durch einen realen Gewinn mehr als ausgleichen. Das sind doch Aussichten, Perspektiven. Da kannst du dich wirklich auf was freuen!"

Sie lehnte sich zufrieden zurück, strahlte über das ganze Gesicht. Sie hatte das Problem gelöst, zwar nicht für mich, aber immerhin für sich. Ihre Welt war wieder in Ordnung. Doch dann verspannten sich ihre Gesichtszüge wieder ein wenig. Es schien ihr einzufallen, dass es hier nicht um sie, sondern um mich ging.

„Du hast alles Recht der Welt, traurig und sauer zu sein, versteh mich da nicht falsch. Und das musst du rauslassen. Schrei, wenn du möchtest, das befreit, oder mach die Reise nach Indien, von der du seit Jahren sprichst. Geh meinetwegen eine Zeit lang in ein

Kloster, um zu dir zu finden. Du kannst zu einem Therapeuten gehen. Ich kenne einen, mit dem du dich sicher gut verstehen würdest. Ich gebe dir nachher seine Nummer, oder ich kann ihn für dich anrufen und einen Termin ausmachen. Das Entscheidende ist, irgendwann muss die Trauer zu Ende sein. Der Mensch ist so gebaut. Er muss die schlechten Erlebnisse vergessen, verdrängen oder was immer, um weiterleben zu können. Alles andere ist krankhaft und führt ins Verderben. Du kommst mir im Moment wir eine Fliege vor, die immer und immer wieder an die Scheibe fliegt und nicht rauskommt, obwohl das Fenster gekippt ist und sich ein viel einfacherer Weg bietet. So kommt man nicht weiter."

Sie ist nicht blöd. Das hat bestimmt alles seine Richtigkeit, und ich fand es toll, wie viel Mühe sie sich gab, wie oft sie anrief, alles gut, aber nicht für mich. Ich stimmte ihr ja zu, nur eben nicht für mein Leben. Das war etwas ganz, ganz anderes.

„Stimmt", log ich, „man darf nicht verzweifeln. Irgendwann einmal muss Schluss sein mit dem Leiden. Ich glaube nur, ich ziehe mich lieber am eigenen Schopf aus dem Sumpf. Mit Therapeuten habe ich nicht viel am Hut."

„Gut, aber lass uns beide dranbleiben und bald wieder sprechen. Ich bin immer für dich da, jederzeit. Wenn ich irgendetwas für dich tun kann, egal was, ruf mich an. Geht es dir denn etwas besser?"

Ja, sagte ich, und dass ich nun wirklich wegmüsste, weil ich einen dringenden Termin in der Stadt hätte.

Damit sie sich besser fühlte, sagte ich ihr, ich hätte einen Vorstellungstermin, weil ich wieder Tritt fassen wollte. Wie weit wir uns schon voneinander entfernt hatten, sah ich daran, dass sie es mir sofort glaubte.

Den nächsten Versuch, mich beim Sterben zu stören, unternahm Susanne, und dieser Schuss ging – aus ihrer Sicht betrachtet – voll nach hinten los. Ich hatte wie gesagt schon seit längerer Zeit das Gefühl, dass sterben allein nicht genug sein könnte. Bei unserem letzten Treffen zeigte sie mir, wenn auch unabsichtlich, den Weg zu meiner Tochter.

Irgendwann hatte sie angerufen. Wir trafen uns in einem Café in Schwabing, Affenfelsen genannt, weil man von dort die Leute gut beobachten und selbst beobachtet werden kann. Sie sah gut aus, sehr gut sogar, einfaches Sommerkleid, das Haar etwas länger als früher, ein paar Sommersprossen mehr, die Hände zart und fein. Der kleine Finger ihrer rechten Hand stand seit einem Unfall, den sie als Kind hatte, etwas ab. Den Ring, den ich ihr geschenkt hatte, als sie schwanger wurde, trug sie nicht. Die paar Monate, in denen wir uns nicht gesehen hatten, schienen ihr wirklich gutgetan zu haben, auf jeden Fall besser als mir, wenn ich ihren leicht mitleidigen Blick, mit dem sie mich aufmerksam betrachtete, richtig einschätzte. Wir sagten erst einmal nichts. Das war wohltuend. Es überkam mich eine angenehme Ruhe, obwohl ich sehr angespannt war. Ich wusste, wir würden nicht über das Wetter und andere Verlegenheiten sprechen. Das hatten wir früher nicht getan, warum jetzt damit anfangen? Wir waren immer gleich zum Wesentlichen gekommen, ohne viel Drumherum, ohne ermüdendes Herantasten. Wir hatten das nie nötig gehabt. Diese liebende Rücksichtslosigkeit, diese nicht verletzende Direktheit, diese wahre Offenheit, sie war eines der Geheimnisse unserer Beziehung, aber es funktioniert nur, wenn man sich liebt, einander vertraut ist, sich aufeinander verlassen kann. Das war alles lange her und hallte nur leise aus einem anderen Leben herüber.

„Du siehst schlecht aus", sagte sie mit einem traurigen Lächeln, das mir irgendwie guttat. „Kann ich dir helfen?"

„Komm zu mir zurück", erwiderte ich trocken.

Ohne darauf einzugehen, sagte sie: „Ich musste letztens daran denken, wie wir uns kennengelernt haben. Weißt du noch, auf dem Fest von Christoph? Du warst so schön verrückt und spontan, das hat mir gefallen. Wie du mich gepackt hast und wir raus auf die Straße gelaufen sind, einfach so. Für mich war es Liebe auf den ersten Blick. Ich habe dich wirklich sehr geliebt, weißt du das eigentlich?"

„Definiere Liebe!" Ich war bewusst schroff, wollte sie nicht zu nah an mich herankommen lassen, wollte nicht, dass sie bemerkte, wie gut mir ihre Anwesenheit tat, aber wahrscheinlich war das völlig sinnlos. Sie kannte mich zu gut.

„Ich wollte die ganze Zeit mit dir zusammen sein, jede Minute. Was haben wir für einen Spaß gehabt, was haben wir alles angestellt. Das war eine schöne Zeit, eine verdammt schöne Zeit. Nur dein Konny ist mir schon manchmal sehr auf den Wecker gegangen."

Wir mussten beide kurz lachen, ja, auch ich.

Sie fuhr fort: „Du warst mein Lichtblick im Krankenhaus, besonders, wenn ich Nachtschicht hatte. Ich weiß, wie schwer es dir gefallen ist, mich abzuholen. Das machte es noch wertvoller für mich. Wir haben damals so viel gemacht, sind ins Kino gegangen, in Konzerte. Immer war etwas los, für dich war alles positiv, das Glas immer halb voll. Wenn deine Freunde nicht gewesen wären, die mich nicht ausstehen konnten, wäre es perfekt gewesen. Nein, es war auch so perfekt. Immerhin mochte deine Mutter mich. Und dann ..."

„Was, und dann?", unterbrach ich sie.

„Dann änderte sich das." Sie war jetzt ernst geworden. „Nicht plötzlich, ganz langsam und schleichend. Du hast keine Lust mehr gehabt auszugehen, hast lieber eine Pizza bestellt, als selber zu kochen. Ins Krankenhaus bist du immer seltener gekommen. Wenn ich mir was Schönes für dich angezogen habe, hast du es nicht bemerkt, an allem hat dir irgendetwas nicht gepasst. Wenn ich dich darauf angesprochen habe, bist du ausgewichen, hast es heruntergespielt."

„Da war auch nichts!"

Ich war echt gereizt. Das hatte mich schon damals genervt, dieses „Hast du was? Geht es dir nicht gut?" Was ist schlimm daran, wenn man mal keine Lust aufs Kochen hat?

„Nichts? Wir sind kaum mehr aus dem Haus gegangen! Es war nur noch nervig, wie ein Gefängnis. Und gerade, als ich mir dachte, wir wären vielleicht doch nicht so gut füreinander geeignet, da wurde ich schwanger."

„Das muss bitter für dich gewesen sein!", warf ich sarkastisch ein.

Susanne überhörte meine Unverschämtheit, und ich war ihr dankbar dafür.

Sie erzählte weiter: „Irgendwie war das für mich ein Zeichen. Vielleicht sollte es doch sein, das mit uns beiden. Bestärkt hat mich, dass du dich sofort verändert hast. Plötzlich warst du wieder der Alte, aufmerksam, liebevoll, besorgt und fröhlich. Wahrscheinlich hat sich noch nie ein Mann so sehr auf ein Kind gefreut wie du. Auch wenn du es mit allem etwas übertrieben hast, es war schön. Ich habe mich gut gefühlt, sicher aufgehoben. Ich selbst war vorsichtiger, ich weiß nicht warum. Vielleicht spürt eine Frau, wenn etwas nicht stimmt. Ich habe dem Ganzen nicht recht getraut, eine gewisse Distanz gewahrt."

„Davon habe ich nichts gemerkt. Als ich mit der Wiege kam, warst du doch begeistert. Von Zurückhaltung keine Spur! Was erzählst du da?"

Von Vorsicht war da nichts gewesen, sie hatte es geliebt, schwanger zu sein, oder etwa nicht?

„Ich habe das nur für dich getan." Susanne sprach jetzt etwas leiser. „Du warst so begeistert, und ich wollte dir nicht den Elan nehmen. Endlich warst du wieder positiv und lebensbejahend. Außerdem war es ja nur ein Gefühl, das ich manchmal hatte, nicht mehr, aber ich bekam es einfach nicht aus meinen Kopf. Als Sophie dann falsch herum lag und es ein Kaiserschnitt werden sollte, da habe ich das gleich als schlechtes Omen gesehen. Es ging mir damals wirklich schlecht."

„Warum hast du denn nie etwas gesagt? Wir haben doch immer offen über alles gesprochen." Es klang vorwurfsvoller, als ich es wollte.

„Wie ich schon sagte, weil ich dich in deiner Begeisterung nicht bremsen wollte. Und ich brauchte deinen Optimismus. Er hat mir geholfen. Als unsere Tochter geboren wurde, als sie schrie und lebte, da war ich glücklich. Alle Zweifel und Sorgen waren verschwunden. Plötzlich war ich mir sicher, dass alles gut werden würde. Die Diagnose kurz darauf hat mich vollkommen umgehauen. Was aber viel schlimmer war, ich fühlte meine finsteren Ahnungen aus der Schwangerschaft bestätigt. Das hat mich gequält, und als Sophie dann starb, fühlte ich mich schuldig. Ich dachte, ich hätte es irgendwie herbeigeahnt. Das klingt alles wirr, und das ist es auch, doch genau so habe ich mich damals gefühlt."

Davon hatte ich nichts mitbekommen. Wir waren beide traurig gewesen, vor allem aber ich war traurig gewesen und war es noch. Ich hatte nur mit mir und meinem Schmerz zu tun gehabt, war total mit mir beschäftigt gewesen und gar nicht auf die Idee gekommen, mich um Susannes Gefühle zu kümmern. Dafür hatte ich keine Kraft. Ich war schockiert und wollte sie trösten. „Das tut mir leid, sehr leid. Ich war zu sehr auf mich fixiert, dabei hätte ich für dich da sein müssen."

„Du konntest nicht, das ist mir schnell klar geworden." Sie lächelte jetzt wieder. „Darum habe ich mir woanders Hilfe gesucht, bei einem Therapeuten, den ich aus dem Krankenhaus kenne. Er hat mir geholfen. Ich wollte, dass du dir auch helfen lässt, aber du warst nicht erreichbar, hast mich nicht mehr gehört, und dann war es wieder wie vor der Schwangerschaft oder sogar schlimmer. Das habe ich nicht mehr ausgehalten, da musste ich weg. Es hätte mich sonst umgebracht. Zweimal die Woche habe ich in der Therapie versucht zu verstehen, dass das Leben weitergeht, und zu Hause bei dir war das Leben stehengeblieben. Da ging es den ganzen Tag nur darum, was die Ärzte falsch gemacht hatten, was wir anders hätten machen können, wie viele Tage unsere Tochter heute alt wäre und so weiter. Du hast nur noch in der Vergangenheit gelebt, und ich wollte eine Zukunft haben. Das passte nicht mehr zusammen. Wir passten nicht mehr zusammen. Und wenn ich dich heute sehe …"

„Was siehst du dann?!", blaffte ich sie plötzlich wieder an.

„Du lebst noch immer in der Vergangenheit. Sophie ist tot, verstehst du? Tot. Das ist unglaublich und ungerecht und traurig und wahr. Wir müssen das akzeptieren. Wir werden Sophie nie wiedersehen, außer vielleicht, wenn wir tot sind, aber an so etwas glaube ich ja nicht, wie du weißt. Du musst damit leben, du kannst es nicht ändern. Schau dich um.

Viele von diesen Menschen haben jemanden verloren, den sie sehr geliebt haben, und für jeden geht das Leben weiter. Du kannst dich nicht für den Rest deines Lebens verstecken und verkriechen. Steh auf, komm wieder unter uns Lebende. Es kommt noch eine Menge auf dich …"

Ich hörte nicht mehr, was sie sagte, war paralysiert. Sie hatte vollkommen recht. So konnte es nicht weitergehen, so würde ich nie zu meiner Tochter kommen. Ich musste mich auf dieselbe Ebene begeben wie sie, das war meine einzige Chance. Auch wenn ich nicht wusste, was nach dem Tod kommt, es würde für mich dasselbe kommen wie für meine Tochter, und damit wären wir wieder vereint. Das war die Lösung. Eine Erleichterung überkam mich, ein Glücksgefühl, das ich kaum beschreiben kann. Ich konnte plötzlich frei durchatmen, denn jetzt wusste ich, was zu tun war.

Susanne sah mich überrascht an. Meine Zufriedenheit muss sich auf meinem Gesicht widergespiegelt haben. „Verstehst du, was ich meine?", fragte sie mich verwundert.

„Ja", sagte ich und sah ihr dabei offen, fast fröhlich in die Augen. „Ich habe es genau verstanden und bin dir dankbar dafür. Ich habe es schon von vielen Freunden und von meiner Familie gehört, aber wie so oft", dabei zwinkerte ich ihr zu, „habe ich es durch deine Worte erst wirklich verstanden." Ich war euphorisiert. „Danke, dass du dich noch einmal mit mir getroffen hast, das bedeutet mir wirklich viel. Mach dir keine Sorgen um mich, ich kenne meinen Weg, und der wird mich aus dem ganzen Elend herausführen."

Ich kann mich nicht mehr erinnern, worüber wir dann gesprochen haben. Ich war zu aufgeregt. Susanne war skeptisch ob meines schnellen Sinneswandels, aber ich fühlte mich seit Wochen und Monaten zum ersten Mal wieder frei und glücklich. Bevor sie ging, schaute sie mich ganz merkwürdig an, dann drehte sie sich um und ging. Das war vorgestern.

Der Tod schafft Platz für Neues

Steve Jobs sieht im Tod das Leben 2.0

Hier wird schon wirklich jedes Klischee bedient. Alles sieht nach wie vor genauso aus, wie ich es mir vorstelle. Keine Überraschungen. Nehmen wir zum Beispiel Steve Jobs, den Apple-Gründer, den ich treffen wollte, um zu sehen, wie sich jemand hier fühlt, der mal gesagt hat, er finde, der Tod sei die beste Erfindung überhaupt, und er würde seine ganze Technologie für einen Nachmittag mit Sokrates tauschen. Also, Sokrates habe ich ja gerade kennengelernt. Ob es das wirklich wert ist, ich weiß nicht, das muss Jobs selbst herausfinden und kann es ja hier auch. Aber darum geht es jetzt gerade nicht. Es geht darum, dass auch Steve Jobs genauso aussieht, wie ich ihn mir vorstelle: schwarzer Pullover, die Ärmel nach oben geschoben, Brille, freundliches Gesicht. Er steht da und starrt angestrengt auf sein iPad. Alle und alles sieht hier immer genauso aus, wie ich es kenne und mir vorstelle. Ich muss mich mal fragen, warum das so ist. Liegt das an den Leuten oder an mir? Sokrates hat gesagt, man verändere sich im Tod nicht mehr, sondern bleibe, wie man ist. Aber noch mal: Warum sieht hier jeder genauso aus, wie ich ihn mir vorstelle? Und wie sehe ich eigentlich aus? Ich kann es nicht sehen. Hm. Außerdem zucken wieder die grellen Blitze um mich herum, irritierend und unangenehm. Ich habe es mittlerweile aufgegeben herauszufinden, wo sie herkommen und was sie bedeuten. Ich muss mich wohl an sie gewöhnen, versuchen, sie zu ignorieren.

Bevor ich weiter darüber nachdenken kann, spricht mich Steve Jobs an, ohne von seinem iPad aufzusehen: „Ah, da bist du ja. Hab dich schon erwartet."

Mich erwartet? Auch das ist komisch, wenn ich es mir recht überlege. Warum ist eigentlich niemand erstaunt, mich zu sehen? Warum kennen und erwarten mich die Leute hier meist? Schließlich möchte ich doch die Leute sprechen und nicht sie mich. Oder? Darum frage ich: „Wie konntest du denn wissen, dass ich komme und wer ich bin?"

Seine Finger flitzen in einer aberwitzigen Geschwindigkeit übers Tablet. „Sagt mir alles meine neue Software. Hab ich extra dafür geschrieben. Ich nenne sie iSky."

„Dann weißt du sicherlich, warum ich hier bin, oder?"

„Ich weiß es schon, aber du weißt es nicht, das macht es ja so spannend. Du denkst, es hat mit der Suche nach deiner Tochter zu tun, hat es aber nur am Rande. Das ist ein vorgeschobener Grund, eine kleine Ausrede, wenn du so willst." Ein kleines, zufriedenes Lächeln zuckt kurz über sein Gesicht.

„Unsinn, ich suche meine Tochter Sophie. Wenn dein Programm dir das nicht sagt, taugt es nichts." Ist schon ärgerlich, wenn sogenannte Genies meinen, sie wüssten alles, wären unfehlbar, und dann so falsch liegen.

Jetzt sieht er das erste Mal von seinem iPad auf und schaut mir freundlich und ganz offen in die Augen. „Komm, wir setzen uns einen Moment hin, ich erkläre es dir. Ist nicht schwer, du wirst es schnell verstehen."

Dabei zeigt er auf ein gemütliches Sofa, das mir bis jetzt gar nicht aufgefallen ist. Was soll's, denke ich mir, viel Sinn wird es zwar nicht haben, denn wenn überhaupt jemand weiß, warum ich hier bin, dann ja wohl ich. Egal. Mal sehen, was Jobs mir zu erzählen hat. Ich wollte ja ihn treffen, also sollte ich mich auch auf ihn einlassen. Ich setze mich neben ihn.

„Was ist der Tod?", beginnt er.

„Na das hier, das, was nach dem Leben kommt", antworte ich prompt.

„Siehst du, hier liegt schon der erste Fehler." Er zieht dabei seine Augenbrauen hoch und hebt fast schulmeisterlich den Finger. „Ich versuche, es dir zu erklären. Ein Computerprogramm besteht, ganz vereinfacht, aus Ein und Aus, 1 und 0. Das ist seine Welt, darin bewegt es sich, das definiert, was es kann und was nicht. Mit unserem Dasein ist es ähnlich. Auch wir bestehen aus Ein und Aus, nur bezeichnen wir es als Leben und Tod. Wir sind also nichts anderes als ein Programm, das mit Leben und Tod geschrieben ist. So funktionieren wir. Das eine ohne das andere? Geht nicht, dann wäre keine Programmierung möglich, und wir wären nicht existent. Verstehst du, was das bedeutet?"

„Tja, nun …"

„Es bedeutet, dass Leben und Tod eins sind, dass man beides nicht trennen kann, dass beides voneinander abhängig ist, aufeinander aufbaut. Und jetzt, entscheidend für dich und die Suche nach deiner Tochter: Jedes dieser individuellen Leben-/Tod-Programme läuft immerwährend. Ob Sophie lebt oder tot ist, macht folglich keinen Unterschied. Ihr Programm läuft immer weiter. Für Lebende ist das nicht zu verstehen, aber als Toter solltest du die Zusammenhänge erfassen."

„Aber wo ist sie denn dann? Warum finde ich sie nicht?" Andere Tote mögen das verstehen, ich jedenfalls nicht.

„Deine Tochter ist nicht hier oder da. Sie ist. Du kannst jemandem im Tod nicht näher sein als im Leben. Eure individuellen Programme ändern sich ja nicht. Das Programm entwickelt sich lediglich weiter. Der Tod ist eine Weiterentwicklung des Lebens, das Leben 2.0."

Er erklärt das alles sehr geduldig und nicht herablassend. Ich habe sogar das Gefühl, dass er sich freut, mir das alles zu erzählen. Er ist vollkommen überzeugt von dem, was er sagt, und will mich begeistern.

Ich aber muss meine Gedanken erst mal ordnen. Ich bin also ein Programm, das aus Leben und Tod besteht. Das eine braucht das andere, sonst bricht die Programmierung zusammen. Okay, dann ist man als Lebender schon tot und als Toter noch immer lebendig? Oder gibt es weder das eine noch das andere? Aber was sind wir dann? Puh! Und was bedeutet das für die Suche nach Sophie? Kann ich sie gar nicht finden, oder habe ich sie schon gefunden, als sie lebte? Mir schwirrt der Kopf. Wieso ist der Tod für alle, die ich hier treffe, so logisch und erklärlich und für mich so fremd? Warum erzählt mir hier jeder seine

Geschichte, aber ich habe keine zu erzählen? Warum bin ich nicht wie die anderen hier?

Jobs sieht mich liebevoll an, als könnte er meine Gedanken lesen. Er hat einen Ausdruck im Gesicht, als würde er denken, du hast keine Ahnung, was hier abgeht, aber ich weiß, was mit dir los ist.

Er nimmt zum ersten Mal seine rechte Hand vom Tablet, legt sie auf meinen Unterarm, das scheinen hier irgendwie alle zu machen, und sagt: „Ich werde dir mal erzählen, wie ich dachte, als ich noch im Zustand Leben war. Für mich bedeutete der Tod eine große Motivation. Mich selbst daran zu erinnern, dass ich irgendwann tot sein würde, war für mich das wichtigste Werkzeug und hat mir geholfen, meine Entscheidungen im Leben zu treffen. Denn fast alles, alle äußeren Erwartungen, der ganze Stolz, die ganze Angst vor dem Versagen und die Scham, alle diese Dinge fallen weg angesichts des Todes und lassen nur übrig, was wirklich wichtig ist. Für mich war der Tod etwas Notwendiges, Natürliches, und wahrscheinlich die beste Erfindung des Lebens. Er räumt das Alte weg, um Platz für das Neue zu machen. Heute weiß ich, dass der Tod ein notwendiges Update ist, nicht nur für einen persönlich, sondern für die Menschheit. Nur so geht es voran, so stagniert die Menschheit nicht, so können sich neue Ideen durchsetzen. Sonst würden wir wahrscheinlich noch immer mit Pferdekarren durch die Stadt fahren, ohne Klimaanlage leben, mit demselben ersten Computer arbeiten. Grauenhaft! Wir profitieren also davon. Der Leben-Part unserer

Programmierung ist das Resultat der ständigen Weiterentwicklungen alter Programme. Damit wir leben können, müssen andere sterben. Kein Leben endet daher vergeblich. Wir verdanken dem Tod unser Leben, und unser Tod ist nicht umsonst, denn er schafft neues Leben. Es ist ein Kreislauf, ein sehr sinnvoller Kreislauf, findest du nicht? Verstehst du, was ich meine? Mir wurde dieser Zusammenhang richtig klar, kurz bevor ich starb. Da habe ich es gesehen und erkannt und war begeistert. Ich habe ‚Oh wow! Oh wow! Oh wow!' gerufen, weil ich so fasziniert war. Jeder macht damit seine eigene Erfahrung, das hast du in deinen anderen Gesprächen schon erfahren, aber jeder macht eine Erfahrung. Jeder bekommt eine besondere Erleuchtung, die ihm alles erklärt, kurz bevor er stirbt. Fragst du dich nicht, wo deine ist?"

„Ich habe keine." Es ist mir fast peinlich, das zu sagen, nur ist es nun mal die Wahrheit. Ich habe mir die anderen angehört, was witzig und interessant war, aber selber habe ich nichts beizutragen. Das ist eigenartig und war mir schon aufgefallen, doch was soll man machen? Ich finde das nicht so schlimm. Im Gegenteil, es ist faszinierend, sich mit all den Leuten zu unterhalten, die man gern als Lebender getroffen hätte, und sich ihre Geschichten und Überzeugungen anzuhören. Mit einem hat Steve auf jeden Fall recht. All das hat mich meiner Tochter bisher nicht ein Stückchen nähergebracht. Warum nicht? Am Anfang des Gesprächs sagte er, ich wäre gar nicht auf der

Suche nach meiner Tochter und würde sie deswegen auch nicht finden. Warum bin ich also seiner Meinung nach hier?

„Warum bin ich also deiner Meinung nach hier?", frage ich ihn.

„Die Frage ist nicht warum, sondern ob du überhaupt hier bist."

Ich muss lachen: „Das würde bedeuten, dass ich nicht tot bin. Unsinn!"

„Wirklich?" Er neigt den Kopf ein wenig und lächelt mich freundlich an.

„Aber wie sollte ich denn dann mit dir und den anderen sprechen können?" Es liegt doch auf der Hand. Ich wundere mich ehrlich gesagt schon über die Unkenntnis von Jobs.

Jetzt ist es wohl an mir, ihm das ein oder andere „ganz einfach" zu erklären. „Vielleicht sollte ich dir mal sagen, mit wem ich schon alles gesprochen habe. Ich habe mich zuerst auf einen Wein mit Stefan Zweig und Sigmund Freud getroffen. Es war sehr unterhaltsam und nett, und ich habe eine Menge über Suizide erfahren. Dann habe ich Elvis Presley getroffen, den King. Der hat mir von seinem Zwillingsbruder und seiner Kindheit erzählt, mich seiner Mutter vorgestellt und mir erklärt, warum er schon bei seiner Geburt gestorben ist. Danach hatte ich eine ganz reizende, wenn auch etwas anstrengende Unterhaltung mit Casanova über die Liebe, das Leben und den Tod, dem er nicht so viel abgewinnen kann wie zum Beispiel ich. Kurz darauf traf ich John Lennon, der ..."

Jobs will mich unterbrechen, aber ich hebe abwehrend die Hand und fahre vehement fort: „… der seinem Attentäter verziehen hat, mir von seiner Liebe zu Yoko vorschwärmte und meinte, man solle sein Leben nicht wegwerfen. Peter Alexander und Frank Sinatra haben ein Lied für mich gesungen, für mich allein, das war vollendete Harmonie. Ich habe endlich wieder mit meinem Vater reden können und ihn vieles gefragt, was ich noch wissen wollte. Es war einmalig. Gut, Sokrates, auch wenn du ihn anscheinend toll findest, ging mir etwas auf die Nerven. Mit Marilyn Monroe habe ich ein Date ausstehen, und das ist erst der Anfang. Meine Liste ist lang: Willy Brandt, Anne Frank, Mozart, Freddy Mercury, Albert Einstein, Pontius Pilatus …"

„Halt, halt, genug. Sehr beeindruckend", unterbricht mich Jobs jetzt doch. „Aber was ist, wenn das alles nur in deiner Einbildung passiert wäre?

„Aber es ist passiert! Genau wie ich es wollte. Ich bin doch nicht bekloppt. Ich habe mit denen geredet wie mit dir jetzt! Ganz real saßen sie mir gegenüber. Wie du. Alles kommt genau so, wie ich es möchte, wie ich es mir erhofft habe", halte ich dagegen.

„Ja, aber vielleicht ist es nur ein Traum, in dem das alles passiert." Jobs lässt nicht locker.

„Wie denn, Traum? Ich bin gestorben, da ist nichts mehr mit träumen." Einer von uns beiden ist offensichtlich schwer von Begriff.

„Das meinst du. Versuche mir mal zu folgen und eine andere Möglichkeit in Betracht zu ziehen. Wenn sie nichts taugt, können wir sie noch immer beiseitelegen, okay?"

„Meinetwegen." Ich gebe es auf. Ich muss mitspielen, sonst nimmt das hier kein Ende.

„Gut. Kann es nicht sein, dass du zwischen Leben und Tod festhängst und nicht weißt, wo es hingeht, wie ein Computerprogramm, das sich aufgehängt hat? Vielleicht muss man dich nur mal neu starten." Jobs lacht.

„Aber nein, nein." Ich schüttle heftig den Kopf. „Das hier ist alles real. Ich spreche mit Steve Jobs – und könnte dir eine ganze Menge über Sokrates erzählen."

„Ich möchte dir nicht den Spaß verderben, aber real ist hier überhaupt nichts. Die Realität haben wir hier doch längst verlassen. Zeit und Raum existieren nicht mehr. Hier diskutiert niemand miteinander. Ist gar nicht nötig, weil man eh alles weiß und mit dem Universum eins ist. Nur du diskutierst und fragst. Du bist nicht wie wir hier."

„Das ist verwirrend", gebe ich zu.

„Aber nur für dich." Jobs lacht wieder.

Also gut, ich tu mal so, als wäre an dem, was Steve Jobs sagt, was dran. Was würde das bedeuten? Zuerst einmal wäre ich nicht tot, was natürlich völliger Unsinn ist. Aber gut, was noch? Was ist mit den Leuten, die ich getroffen habe? Dass ich sie getroffen habe, ist nun mal Fakt. Wenn ich, wie Jobs vermutet, quasi zwischen Leben und Tod festhänge, dann könnte es sein, dass ich lebe und dennoch mit den Toten sprechen kann. Möglich, aber unwahrscheinlich. Bei allem, was ich über Leben und Tod hier erfahren habe, bleiben Lebende wie Tote eher unter sich. Aber wie sollte ich dann mit ihnen gesprochen haben? Darauf gibt es nur eine Antwort, und die lässt mich als kompletten Volltrottel dastehen: Dann waren Stefan Zweig, Elvis, Steve Jobs und die anderen niemand anders als – ich. Das wäre ja total verrückt. Dann wäre das alles eine völlig sinnlose, vergebliche Suche nach Sophie, und ich könnte sie auf diesem Weg nie finden.

Steve Jobs scheint wieder mal meine Gedanken zu lesen. Er sagt: „Weißt du, was wirklich lustig ist? Wenn ich recht habe, fällt mir gerade ein, dann existiere ich nur in deinem Kopf, dann bin ich nicht ich, sondern dann bin ich du! Faszinierend. Dann sprichst du gerade nicht mit Steve Jobs, sondern mit dir selbst."

Wieder ist dieses Funkeln in seinen Augen zu sehen, das er wohl immer hat, wenn ihm ein Licht aufgeht. Ich muss erst mal wieder meine Gedanken ordnen. Das ist alles ein bisschen viel für mich. Wenn es stimmt, was ich noch immer nicht glauben kann, was für Konsequenzen hätte das dann für mich und für meine Suche nach Sophie und für meinen Tod oder mein Leben? Ich bin mir darüber nicht mal ansatzweise im Klaren.

„Stell dir mal eine Frage, und zwar die alles entscheidende Frage", beginnt Jobs. „Du suchst deine Tochter und findest sie nicht. Aber warum sucht dich deine Tochter nicht? Du kannst hier jeden treffen, du musst es nur wollen, und schon steht zum Beispiel Steve Jobs vor dir. Warum nicht deine Tochter? Weißt du, warum ich hier bin? Ich wusste, dass du mit mir sprechen wolltest, also bin ich gekommen, und darum sind alle anderen zu dir gekommen. Warum sollte ausgerechnet deine Tochter nicht wissen, dass du nach ihr suchst? Warum zeigt sie sich nicht?"

Mir dreht sich alles im Kopf. Mir ist wirklich nicht gut. Das Licht und die Blitze werden plötzlich so stark, dass ich Steve kaum mehr sehen kann. Ich muss die Augen schließen, es tut einfach zu weh.

Das Leben zu beenden ist anstrengend

Wie ich starb

Gestern bin ich gestorben. Wie ich sterben wollte, habe ich mir genau überlegt. Es passiert einem ja nur einmal, da sollte es schon etwas Besonderes sein. Da gibt es einiges zu bedenken und zu arrangieren. Das ist alles nicht so einfach, denn übertreiben wollte ich nicht. Der Tod hat ja an und für sich bereits etwas Theatralisches.

Erste Frage: Wie möchte ich mir das Leben nehmen? – Folgende Möglichkeiten gingen mir durch den Kopf:

Die ganze Nacht im Englischen Garten verbringen, allein. Mein Leben ein letztes Mal Revue passieren lassen, abschließen, verabschieden, mögliche Ängste beiseitelegen. Im Morgengrauen dann am Monopteros ankommen. Die Sonne geht langsam auf und wärmt die Haut, die Luft ist frisch und sauber. Tiefe Atemzüge, die Gedanken sind jetzt klar, die Pistole liegt schwer und haptisch angenehm in der Hand. Ein Kopfschütteln, ein letztes Lächeln, ein Finger-druck.

Oder: Ein schönes Essen bei Kerzenlicht zu Hause, Seeteufel mit Spinat und Kartoffeln vielleicht, dazu ein kalter Chablis Premier Cru und Mozart, aber keine Oper, sondern ein Klarinetten-konzert oder etwas Ähnliches. Alle fünf Minuten eine Schlaftablette in ein Wasserglas werfen und zusehen, wie sie sich auflösen. Vor dem Nachtisch ein Tanz allein im Zimmer, nach dem abschließenden Grappa das tödliche Glas leeren und sich ins Bett legen. Die Musik wird immer leiser, das Leben immer ferner und ferner – vorbei.

Oder: Schönes heißes Bad mit Schaum, viel Schaum. Kerzen für die Stimmung, passende Musik, alles entspannend. Ein Gefühl wie kurz vor der Geburt. Den Kreis sich schließen lassen. Ich hänge meinen Gedanken nach – Sophie, Susanne, Freude auf das Wiedersehen, blicke positiv in die Zukunft. Ein kleiner Schnitt. Ich beobachte, wie sich das Wasser langsam rot färbt. Noch mehr heißes Wasser nachlaufen lassen, ich werde ruhiger und ruhiger, gleite hinüber – zurück. Vom Hochhaus springen oder vor die S-Bahn werfen kommen nicht in Frage. Gegen das eine spricht meine Höhenangst, und die kann man leider auch beim Sterben nicht einfach abstellen, und mit dem Zug geht es zwar schnell, ist aber eine riesige Sauerei und eine Belastung für diejenigen, die einen dann zwischen den Rädern wieder herausfieseln müssen. Ein wenig Verantwortung der Nachwelt gegenüber hat man ja doch. Ich entscheide mich für die Badewanne. Ich bade gern und freue mich auf das Element Wasser. Aus Wasser geboren, ins Wasser gehend – es gefiel mir, und es war so natürlich. Gut, letztlich ist es dann doch etwas anders gelaufen, aber dazu später.

Als Nächstes musste die Musik ausgewählt werden, ganz sorgsam und mit viel Bedacht. Musik ist wichtig. Besonders naheliegend zuerst: Wolfgang Ambros mit „Heit drah i mi ham" – Heute bring ich mich um. Textauszüge:

*Lass a warmes Wasser in die Badwann' ei
und zum ersten Mal im Leb'n fühl' i mi frei.*

Nur a klaner Schnitt und dann is scho passiert
und i g'spiar schon wie ma immer leichter wird.
Bluatig rotes Wasser, des is grad a so
wia a Sonnenuntergang in Jesolo
Langsam wird's jetzt finster, finster und so still
Freiheit heißt nur, dass ma geh'n kann, wann ma will.

Hat aber etwas Deprimierendes, als wäre ein Suizid
schlecht oder finster. Oiso, nachher hoit kan Ambros.
Vielleicht lieber Deep Purples „Child in Time", vor
allem wegen der Musik und des Gitarrensolos, aber
auch wegen des Textes:

See the blind man shooting at the world
Bullets flying, taking toll
If you've been bad, lord, I bet you have
And you've not been hit by flying lead
You'd better close your eyes, bow your head,
wait for the ricochet.

Hm, das Stück war lange in meinem Selbst-mord-
Musik-Recall, aber manchmal habe ich bei dem Lied
ein ungutes Gefühl, das mir eine Gänsehaut macht.
Ich weiß nicht warum, und vor allem weiß ich es nicht
früh genug. So – not Deep Purple. Dann kam mir
Jesus Christ Superstar in den Sinn. Mochte ich schon
immer gern. Da sind tolle Stücke drauf und vor allem
dem Anlass entsprechende, passende Texte, wie zum
Beispiel „Could We Start Again, Please":

Now for the first time, I think we're going wrong.
Hurry up and tell me, this is just a dream.
Oh could we start again please?

Schön und gut, aber mit Gott habe ich es nicht so.
Hier lag die Gefahr zu nah, dass es in die falsche
Richtung laufen würde. So kam ich letztlich doch
wieder zu meinem Tannhäuser zurück:

Die Zeit, die hier ich weil, ich kann sie nicht ermessen.
Tage, Monde – gibt's für mich nicht mehr,
denn nicht mehr sehe ich die Sonne,
nicht mehr des Himmels freundliche Gestirne.
Lasst mich! Mir frommet kein Verweilen,
und nimmer kann ich rastend stehn,
mein Weg heißt mich nur vorwärts eilen,
denn rückwärts darf ich niemals sehn.

Besser kann man es kaum sagen, und die Musik passt
auch. Sie hat so eine Aufbruchsstimmung, zumindest
im ersten Akt, also herzlichen Glückwunsch, Herr
Wagner, Sie dürfen zu meinem Freitod spielen.
Badewanne, Tannhäuser, alles bestens, aber noch nicht
perfekt. Die nächste Frage: Abschiedsbrief – ja oder
nein? Und wenn ja, an wen? Ich glaube nicht, dass ich
meine Entscheidung begründen muss oder dass ich sie
jemandem erklären könnte. Dennoch war es mir ein
Bedürfnis, zwei Personen etwas zu schreiben: Susanne
und meiner Mutter.

Liebe Susanne,

es geht mir wieder gut, und es war schön, Dich wiederzusehen, auch wenn Du mir ferner warst als je zuvor, auch wenn es mehr schmerzte, als ich gedacht hatte. Dennoch ging ich fast euphorisiert von unserem letzten Treffen nach Hause. Ich kenne jetzt meinen Weg, und das habe ich Dir zu verdanken. Dieser Weg wird mich zu unserer Tochter – zu Sophie führen. Ich weiß jetzt, wie ich ihr wieder nah sein kann. Ich gehe diesen Weg, ohne zu zögern und mit großer Freude.

Ich habe Fehler gemacht, Du hast Fehler gemacht. Schwamm drüber. Wir sehen uns wieder, ich gehe nur schon mal voraus.

Liebe Mama,

zuallererst: Mach Dir bitte keine Vorwürfe. Es gibt nichts, was Du hättest sagen oder tun können, um mich von meinem Entschluss abzubringen, glaub mir. Alles ist gut, mach Dir also keine Sorgen. Ich bin jetzt gut aufgehoben – nein, besser aufgehoben. Für mich hatte das Leben keinen Sinn mehr. Freu Dich mit mir, denn vielleicht sehe ich Papa, und dann grüße ich ihn von Dir. Es tut mir leid, Du hast ja immer gesagt, man sollte seine Kinder nicht begraben müssen, sondern umgekehrt. Jetzt habe ich wieder mal für Unordnung gesorgt, verzeih."

Todesart – check. Musik – check. Abschiedsbriefe – check. Für alles war gesorgt, also konnte es losgehen. Es macht mir total Spaß, etwas genau zu planen, gerade etwas so Wesentliches. Nichts wird dem Zufall überlassen, keine Fragen bleiben offen, obwohl ich unterschätzt habe, wie sehr man dann doch am Leben hängt, wie schwer der letzte Schritt fällt, doch der Reihe nach.

Es war mehr Zufall als Absicht, dass der Tag meines Freitods auf einen Freitag fiel. So viel „frei", auch Freiheit. Passt.

Als Erstes habe ich die Wohnung aufgeräumt. Schon komisch. Wenn man tot ist, ist es nicht mehr wichtig, was die anderen über einen reden. Trotzdem hatte ich das Bedürfnis, einen guten Eindruck zu hinterlassen, und brachte alles in Ordnung. Ich habe sogar einen Haufen mit meinen Papieren gebildet, damit man sie nicht suchen muss, die Abschiedsbriefe praktischerweise obenauf. Meine Kleidung habe ich schön aufgeräumt und die Unterwäsche weggeworfen. Die Kerzen sind im ganzen Badezimmer verstreut. Ich zünde sie feierlich an, mit Streichhölzern, nicht mit dem Feuerzeug. Wagner läuft. Ich habe mich entschieden, nur den ersten Akt zu hören, und darum den CD-Player auf Repeat gestellt. Ich sehe mich zufrieden um. Plötzlich ein Schreck – das Wichtigste habe ich zu besorgen vergessen: Rasierklingen. Jetzt stehe ich nackt im Badezimmer im Kerzenlicht, und das Entscheidende fehlt. Ich muss lachen. Depp! Mit diesen Mehrfachklingen wird es schwer gehen, die sind ja gerade dafür gemacht, sich nicht zu schneiden. Die gehen nicht tief. Aber was anderes Scharfes habe ich nicht, und das Fleischermesser aus der Küche ist mir dann doch zu martialisch, also breche ich mit der Kneifzange eine der drei kleinen Klingen aus der Fassung und lege sie an den Badewannenrand. Es wird schon gehen.

Jetzt ist es Zeit, das Wasser einzulassen. Neben Schaum habe ich mir Badesalz besorgt, das habe ich nie ausprobiert, aber wenn nicht jetzt, wann dann? Der Spiegel beschlägt vom Wasserdampf. Ist mir ganz recht, muss ich mir nicht ins Gesicht sehen, denn erstaunlicherweise werde ich ein wenig unsicher. Fragen schießen mir wild durch den Kopf. Werde ich Sophie wirklich treffen? Was, wenn einfach nur alles vorbei ist? Wird es dunkel oder hell sein? Was wird mein Vater von mir denken, wenn ich mein Leben hergebe, nachdem er so sehr um das seine gekämpft hat? Wird er mich kritisieren? Und am erstaunlichsten: Gibt es nicht vielleicht doch noch einen Grund weiterzuleben? Ich reibe den Nebel mit der rechten Hand vom Spiegel, blicke mir in die Augen, ganz fest, versuche, meinem eigenen Blick standzuhalten.

Die Venus singt: „Geliebter, sag, wo weilt dein Sinn? Sprich, was kümmert dich?"

Ich schaue mich weiter an, beobachte mich neugierig und frage mich, was mich im Leben noch erwarten könnte.

Venus: „Wohin verlierst du dich?"

Mache ich einen Fehler? Gebe ich zu schnell auf? – Aber Sophie! Ich muss doch zu meiner Sophie!

Venus: „Ha, was vernehme ich? Welch törichte Klagen! Hast du so bald vergessen, wie du einst gelitten, während du dich jetzt erfreust? Mein Sänger auf, ergreife deine Harfe!"

Langsam schüttle ich den Kopf, lächle ein wenig. Jetzt nicht schwanken, den Weg zu Ende weitergehen. Ich verschwinde wieder – der Wasserdampf hat sich über den Spiegel gelegt –, steige in die Badewanne. Wunderbar umhüllt mich die Wärme, macht mich wieder zuversichtlicher. Ich werde träge, genieße das Bad, schlafe fast ein. Ich schrecke hoch und greife mit etwas zittriger Hand nach der Rasierklinge. Ich schneide unter dem Wasser, weil ich gehört habe, dass es dann weniger schmerzt. Ich zucke kurz beim ersten, zu zaghaften Schnitt, der zweite ist selbstbewusster, kräftiger und vor allem tiefer. Das Wasser färbt sich langsam rot. Ich lehne mich wieder zurück, schließe die Augen.

Tannhäuser: „Dein süßer Reiz ist Quelle alles Schönen, und jedes holde Wunder stammt von dir."

Ich zittere ein wenig. Mir wird kalt, dabei ist das Wasser nach wie vor heiß.

Tannhäuser: „… nach Freiheit doch verlange ich, nach Freiheit, Freiheit dürstet's mich."

Ich muss meine Augen nicht mehr schließen, sie bleiben von allein zu. Es ist angenehm. Ich fühle mich geborgen. Dunkel ist nicht mehr dunkel, es ist nur noch. Ich sehe Sophie vor mir. Sie schaut mich an.

Lächelt sie? Ja, sie lächelt mich an. Ich lächle zurück. Mein Vater steht bei uns im Garten und wirft mich in die Luft, immer höher. Meine Mutter legt die Hände vor ihr Gesicht und ruft: „Lass den Bub nicht fallen!" Es macht mir Spaß.

Venus: „Zieh hin, Wahnsinniger, zieh hin! Verräter, sieh, nicht halt ich dich!"

Ich stehe auf der Bühne, nur mit meiner Gitarre, habe keine Angst. Der Applaus hüllt mich ein. Ich laufe ins Meer, springe über die Wellen, bin schnell, springe hoch, immer weiter der Sonne entgegen. Die Musik wird immer leiser, ich komme mir selbst immer näher.

Venus: „Ich geb' dich frei, zieh hin! Zieh hin! Was du verlangst, das sei dein Los."

Eine kräftige Hand zieht mich gekonnt und bestimmt aus der Badewanne. Ich bin am Ziel.

Der Tod kann so warm und schön sein

Marilyn Monroe ist eine Philosophin

Umwerfend sieht sie aus, wie sie in ihrem weißen Bademantel in meinem Badezimmer steht. Wow! Alles – natürlich! – genau so, wie ich es mir immer vorgestellt habe. Die blonden Haare, das unsichere, bewusst eingesetzte Lächeln, die strahlenden Zähne – alles perfekt, bis auf ihren Blick vielleicht, der ist melancholisch, schon toll und faszinierend, aber irgendwie traurig. Sie kommt direkt auf mich zu. Ihre perfekten, nackten Beine blitzen beim Gehen durch den Mantel, den sie mit beiden Armen zusammenhält. Unweigerlich ertappe ich mich bei dem Gedanken, was sie sonst noch alles nicht anhat.

Sie bleibt direkt vor mir stehen und fragt: „Darf ich mich einen Moment zu dir setzen?"

Da gibt es eigentlich nicht allzu viel zu überlegen, außer vielleicht, dass ich nackt in der Badewanne liege und mich gerade umgebracht habe. Aber wann hat man schon die Gelegenheit, mit Marilyn Monroe zu reden?

„Gern, sehr gern. Setz dich nur", antworte ich betont lässig und bin heilfroh, dass ich meine Klamotten, bevor ich mir die Pulsadern aufschnitt, brav aufgeräumt habe und nichts verstreut herumliegt. Stell dir vor, Marilyn Monroe kommt in dein Badezimmer, und es liegen stinkende Socken herum. Ich zeige auf den einzigen Hocker im Raum.

Sie schüttelt leicht den Kopf, sagt etwas wie „Dummerchen" und setzt sich auf den Rand der Badewanne. Jetzt blitzen die Beine nicht mehr durch, jetzt kann ich sie bis zu den Oberschenkeln und vor allem ganz nah sehen. Ich lächle, hoffe, dass ich nicht rot werde, lasse meine Hände langsam und unauffällig unter den Schaumteppich und zwischen meine Beine wandern, um sicherheitshalber etwas zu bedecken, was sich zu regen droht.

„Bist ganz neu hier, hm?", fragt sie. Nein, sie fragt nicht, sie haucht es mir entgegen.

„Nun ja", antworte ich, räuspere mich und setze mich dabei etwas auf. „Ja, stimmt schon, gerade angekommen, könnte man sagen, und dann so ein Empfang. Toll, ich meine, du siehst wirklich toll aus. Genau, wie ich mir dich immer vorgestellt habe, nein, besser, wenn ich dich jetzt lebendig vor mir …"

„Lebendig?", unterbricht sie mich mit einem herzhaften Lachen. „Du bist wirklich nicht lange hier."

Ich verteidige mich: „Du weißt schon, realer als aus Filmen oder von Fotos."

„Realer? Hier ist nichts mehr real, mein Süßer, aber das lernst du schon noch." Sie wirft ihre blonden Haare zurück, schaut mich etwas prüfend an und meint: „Du bist doch ein junger Kerl. Was machst du denn schon hier?"

Ich erzähle ihr meine Geschichte, erzähle von Sophie und Susanne, unserem kurzen, gemeinsamen Leben und davon, wie wenig mir das Leben dann bedeutet hat. Es fällt mir unglaublich leicht, das alles zu erzählen. Marilyn ist eine super Zuhörerin. Hier und da fragt sie kurz nach, wenn sie etwas nicht verstanden hat, und ich erkläre es. Sie ist geduldig, will alles genau wissen, und ich habe das Bedürfnis, es ausführlich zu erzählen. Sie fragt zum Beispiel, ob Susanne und ich verheiratet waren und wie wir uns das vorgestellt hätten, eine Familie mit Kindern, aber ohne Trauschein. Oder sie möchte wissen, welchen Namen wir dem Kind gegeben hätten, wenn es ein Junge geworden wäre. Die Antwort darauf lautet Georg, nach meinem Vater. Vor allem aber interessiert sie sich für Susanne. Was sie gesagt habe, als sie schwanger wurde – Antwort: „Ich bekomme ein Kind, nicht wir, und du bist zu nichts verpflichtet." Was meine Eltern zu Susanne gesagt hätten – Antwort: „Nett, aber ...'' Mit welchen Worten Susanne sich von mir getrennt hätte – Antwort: „Ich kann nicht mehr, du machst mich krank. Mein Leben ist noch nicht zu Ende." Alles Mögliche möchte Marilyn wissen.

Übrigens, als angenehme Begleiterscheinung der Zeitlosigkeit stelle ich fest: Das Wasser wird nicht kühler und die Finger schrumpeln nicht. Ich sage es ja, der Tod hat wirklich seine guten Seiten.

Als ich mit meiner Erzählung fertig bin, schaut sie eine Zeit lang verträumt ins Kerzenlicht und sagt: „Ich finde es großartig, wie du deine Tochter liebst und sie suchst. Wirklich, ich verstehe das ein wenig, denn ich habe ein Leben lang jemanden gesucht. Meinen Vater. Ich weiß, wie sehr es schmerzt, wenn man den geliebten Menschen nicht findet, und was man sich alles ausmalt, wie schön es mit ihm zusammen wäre. In meinen Träumen war er immer sehr stolz auf mich, hat mich beschützt und mir gute Ratschläge gegeben. Er war ein Held. Letztlich habe ich ihn idealisiert und ihn ganz anders gesehen, als er wirklich war. Wie kann schon jemand sein, der eine Frau mit dem kleinen Kind einfach im Stich lässt? Ich hätte gern einen Vater wie dich gehabt, der mich liebt und sich darüber freut, dass es mich gibt. Ich bin ungewollt auf die Welt gekommen und wurde mein Leben lang herumgeschoben, als Kind und später auch als Erwachsene."

Es wird ganz still im Badezimmer. Marilyn tut mir furchtbar leid, ich versuche sie etwas aufzuheitern. „Viele haben dich geliebt. Dir lag die ganze Welt zu Füßen, Stars, sogar Präsidenten. Lieder wurden über dich geschrieben. Auch ich fand dich schon immer toll." Ich würde sie gern in die Arme nehmen, aber meine Hände werden noch immer woanders gebraucht.

Sie lächelt mich an, zieht eine Augenbraue hoch und sagt: „Danke, das ist lieb von dir."

Ich kann sehen, dass sie es aufrichtig meint.

Sie fährt fort: „Aber es war so. Ich hatte nicht die Liebe der Eltern oder einer Familie, ich hatte den Ruhm, die Beliebtheit. Daran habe ich mich festgehalten, denn sie waren für mich unendlich wichtig. Ich wollte von allen geliebt werden, immer, über den Tod hinaus. Ich hatte meine eigene Philosophie über den Tod, die mir erst richtig bewusst wurde, als ich John F. Kennedy traf. Soll ich es dir erzählen?"

„Klar, ich habe nichts anders vor", versuche ich, einen kleinen Witz zu machen. Marilyn ist aber schon ganz in Gedanken, taucht eine Hand ins Badewasser und zerteilt damit verträumt den Schaum.

„Ich kannte John, den wir alle Jack nannten, erst ein paar Wochen, als er mich nach Maine einlud. Seine Familie hatte dort ein Haus an der Küste, von dem kaum einer wusste. Damals war so ein Ausflug noch möglich. Ein paar Reporter wussten zwar davon, aber Jack sorgte dafür, dass sie uns in Ruhe ließen. Es war ein herrlicher Frühsommertag, und wir machten ein Picknick unten am Strand, nur wir zwei ganz allein. Ich war furchtbar verliebt. Jack saß auf einem Campingstuhl, weil er wegen seiner Rückenschmerzen, die er sich aus dem Krieg mitgebracht hatte, nicht lange auf dem Boden sitzen konnte. Ich hatte es mir auf der Decke gemütlich gemacht, und wir schauten beide auf das Meer hinaus. Wir sprachen nie viel, wir hatten eine spirituelle Verbindung, verstanden uns oft auch ohne Worte. Manchmal sahen wir uns minutenlang in die Augen und wussten, was der andere dachte. Keiner hat das verstanden, alle mussten sie unsere Beziehung in den Dreck ziehen. Oh, was wollte ich eigentlich erzählen?" Sie schaut mich unsicher an.

„Deine Einstellung zum Tod. Damals." Man bekommt hier zwar keinen trockenen Hals, aber ich hätte wahnsinnig gern ein Bier gehabt. Komisch.

„Stimmt", sagt sie, als wäre sie aus einem Traum erwacht. „Für mich war das Leben wie das Meer. Das wurde mir an diesem Tag mit Jack bewusst, als wir beide schweigend am Strand saßen. Wir Menschen sind die Wellen. Jede von ihnen ist einzigartig, besonders, individuell, nicht auszutauschen. Manche sind groß und stark und reißen sogar andere mit sich, andere sind kleiner, unscheinbarer, und schwimmen nur so mit. Es gibt Weltmeere, die ruhiger sind, mit wenig Seegang. In anderen gibt es regelmäßig Stürme. All das hat Auswirkungen auf die Wellen, denn Wellen werden von ihrer Umwelt geprägt." Dabei spielt Marilyn mit ihrer Hand in meinem Badewasser und erschafft selbst kleine Wellen.

„Eines haben alle Wellen gemeinsam", fährt sie fort, „so unterschiedlich sie sein mögen, egal, wie hoch oder stürmisch, egal, wie laut oder leise. Eines Tages brechen sie sich. Manche haben Glück und enden erst am Strand oder zerschellen an den Felsen, andere werden durch Riffe aufgehalten oder brechen sich schon auf dem Meer. Doch egal, wie sie enden, jede Einzelne von ihnen ist schön, jede Einzelne von ihnen ist es wert, beobachtet zu werden, besonders die unvollendeten."

Mich erinnert das an ein Lied von U2, und ich frage Marilyn, ob sie Bono kennt.

„Ist der auch hier?", fragt sie.

„Nein", antworte ich, „aber er hat ein schönes Lied geschrieben, ‚I Still Haven't Found What I'm Looking For', in dem heißt es ‚I believe in the Kingdom Come, then all the colors will bleed into one.'" Dabei sehe ich selbstvergessen auf das blutgetränkte Wasser in der Badewanne. Nach Marilyns Theorie war meine Welle gebrochen, vergangen, vorbei. Aber ich bin ja noch, irgendwie zumindest.

Gerade, als ich Marilyn darauf aufmerksam machen will, fährt sie fort: „Wenn wir dann keine Wellen mehr sind, hören wir selbstverständlich nicht auf zu existieren. Wir bleiben, was wir sind: Wasser. Nur sind wir keine Wellen mehr, nicht mehr an der Oberfläche. Damit sind wir für die anderen Wellen nicht mehr sichtbar und scheinbar nicht mehr existent.

Manchmal spürt uns eine Welle, wenn sie über uns hinwegrauscht, und wundert sich. Irgendwann werden aus den einstigen Wellen wieder Wellen. Es ist ein ewiger Kreislauf. Leben und Tod sind sich also sehr, sehr ähnlich. Leben ist Tod, und Tod ist Leben. Tja, so habe ich mir das vorgestellt. Diese Erkenntnis hatte so etwas Beruhigendes, dass ich von dem Moment an, am Strand von Maine im Frühsommer 1960, als mir das klar wurde, keine Angst mehr vor dem Tod hatte."

„Zwei Jahre später bist du dann ja gestorben", werfe ich vorsichtig ein.

Sie kniet jetzt vor die Badewanne, stützt ihr Kinn auf ihre kleinen Fäuste und sieht mich offen an. „Ja, stimmt. Du möchtest wissen warum und wie? Damit bist du nicht allein. Das fragen mich noch immer viele, selbst hier. Die Antwort darauf ist nicht einfach. Wie du schon richtig gesagt hast, liebten mich die Leute. Überall, wo ich hinkam, wurde ich bewundert. Nahezu jede Tür stand mir offen. Nur – wollten die Leute wirklich mit mir reden, ich meine, ein sinnvolles Gespräch mit mir führen? Nein, immer war es nur belangloser, langweiliger Smalltalk.

Ich habe viel gelesen und mich für sehr vieles interessiert, klassische Musik und Naturwissenschaften zum Beispiel, doch für die Leute war ich immer nur das dumme Blondchen. Man wollte mit mir lachen, mich verführen, aber wirklich auseinandersetzen wollte sich niemand mit mir. Selbst mit meinen Ehemännern hatte ich, was das angeht, kein Glück. Besonders enttäuscht war ich von Arthur. Als Schriftsteller, dachte ich, würde er mehr in mir sehen, mich mehr fordern. Fehlanzeige! Derjenige, der mich wahrscheinlich am besten verstanden hat, war Joe, denn ihm ging es ähnlich. Er hatte mehr im Kopf als Baseball, aber die Leute wollten es auch bei ihm nicht hören. Er gehörte einfach in die Sportschublade, so wie ich in die Unterhaltungs-schublade, und aus so einer Schublade kommt man nicht leicht wieder raus, denn die Fans verhindern es. Darum sehen Medien und Manager keinen Grund, etwas daran zu ändern, denn es funktioniert ja. Alle verdienen Geld und sind glücklich – fast alle.

Ich habe schon früh versucht, ernste Rollen zu bekommen, aber keiner gab sie mir. Nun gut, hier erscheint einem das alles völlig unverständlich, aber ich verfiel darüber in ernsthafte Depressionen. Hier ist so etwas natürlich vollkommen unwichtig, nur erkennt man das als Lebender leider nicht, na ja, manch einer ahnt es vielleicht. Auf jeden Fall begann sich für mich das Karussell zu drehen, Alkohol, Tabletten und anderes, was mir nicht guttat. Ich lief zweimal die Woche zum Psychoanalytiker, der mir auch nicht helfen konnte. Jack hat gemerkt, dass es mir immer schlechter ging, wir hatten ja unsere besondere Verbindung. Er kam mich sogar einen Tag vor meinem

Tod besuchen, redete auf mich ein und versprach, sich mehr um mich zu kümmern. Ich glaubte ihm, aber da hatte ich schon die Kontrolle über mich und all die Schlaftabletten und Barbiturate verloren. So kam es, wie es kommen musste, meine Welle brach, vielleicht etwas zu früh. Und wenn ich dich jungen Kerl so daliegen sehe, frage ich mich ehrlich gesagt, ob du nicht auch zu schnell hierhergekommen bist."

Marilyn Monroe sieht dort am Rand meiner Badewanne so verletzlich, so verloren aus, dass ich ihr nicht sagen will, wie froh ich bin, hier zu sein. Darum stimme ich ihr zu und komme ihr etwas entgegen, um sie ein bisschen glücklicher zu machen, glücklicher zu sehen. „Vielleicht hast du recht. Vielleicht habe ich etwas vorschnell gehandelt, kann sein, aber so schlecht haben wir es hier ja nicht getroffen, oder?"

Sie sieht mich nur etwas verwundert an, beginnt zu lächeln, schüttelt den Kopf und sagt wieder: „Dummerchen. Natürlich haben wir es hier gut. Hier bekommt jeder, was er möchte, hier gibt es keine Unterschiede mehr. Egal, woran oder an was man geglaubt oder nicht geglaubt hat, jeder hat im Tod recht. Ich warte darauf, wiedergeboren zu werden, du wartest darauf, deine Tochter zu sehen. Für uns beide wird es genau so eintreffen, wie wir es glauben. Das ist das Schöne am Tod. Jungfrauen, Nirwana, Wiedergeburt, Gott, Himmel, Allah, was auch immer. Das versteht kein Lebender, das versteht man nur hier, und das ist gut so. Wenn wir das alles schon als Lebende wüssten, wäre das Leben nicht mehr so wertvoll."

Ich denke mir, Marilyn, ich hätte gern eine Tochter wie dich gehabt. Ich hätte dich und deine Mutter nie im Stich gelassen. Wir unterhalten uns dann noch eine ganze Weile und stellen fest, dass wir beide im Sternzeichen Zwillinge geboren sind, aber nicht daran geglaubt haben, dass das irgendetwas aussagt. Sie erzählt mir, dass Joe DiMaggio ihre Beerdigung bezahlt und veranlasst habe, dass in den darauf folgenden 20 Jahren jede Woche 20 rote Rosen an ihr Grab gelegt wurden.

Auf ihre Frage, wie ich denn meine Beerdigung erlebt hätte, habe ich keine Antwort, denn ich kann mich daran nicht erinnern. Vielleicht hat sie noch gar nicht stattgefunden, denn ich bin ja gerade erst gestorben. Das fände sie aber trotzdem komisch, sagt sie und vermutet, dass es sicher einen guten Grund dafür geben wird. Wir sprechen über Musik, die Oper, die sie geliebt hat. Mit Wagner konnte sie nicht viel anfangen, ihr Favorit war Puccinis „Madame Butterfly". Wenn Sie nur an Cho-Cho-San denke, könne sie jetzt noch heulen, sagt sie. Ihre Lieblingsarie sei „Io so che alle sue pene". Sie habe keine Ahnung, was das genau bedeute, aber es sei herzzerreißend und ihr würden schon allein beim Erzählen darüber Tränen in die Augen treten. Ich verspreche, es mir mal anzuhören.

Zum Schluss küsse ich sie dann noch. Wir küssen uns, weil ich es will. Ob Marilyn Monroe mich auch küssen will? Keine Ahnung, das ist nicht wichtig, es muss einfach sein, und es ist süß und weich und warm, wie man es sich nur vorstellen kann. Meine Hände bleiben dabei übrigens in der Badewanne.

Die Stiche der Nadeln

Gestern bin ich gestorben

Puh, das war alles ziemlich anstrengend, merke ich jetzt. Mir ist etwas schwindelig, ob vom langen Rumliegen in der heißen Badewanne oder von Marylins Kuss, keine Ahnung. Bin auf jeden Fall total erledigt, kann mich kaum rühren. Alles Mögliche schwirrt mir durch den Kopf. Marilyn, Elvis, Sokrates, Stefan Zweig, Steve Jobs und die anderen haben mich ganz schön gefordert. Ich fühle mich kaputt und erschlagen, aber das geht ja nicht, ich muss mich zusammenreißen, denn ich habe Sophie immer noch nicht gefunden. Ich muss durchhalten, ich darf nicht nachlassen. Jetzt bloß nicht einschlafen! Was mach ich nur? Moment mal, was ist denn das da drüben?

Ein Konzert, ja, ein Rockkonzert. Ich kann die Musik bis hierher hören, und es klingt gut, genau mein Geschmack. Ach, und jetzt „Wish You Were Here" – ob da Pink Floyd selbst spielt? Ich bin so kaputt, schleppe mich dennoch näher zur Bühne. Die Zuschauer bilden zwar eine Gasse für mich, beachten mich aber nicht weiter. Das gibts ja nicht! Der Hammer! Es haut mich fast um. Das ist nicht Pink Floyd auf der Bühne, das bin ich! Ganz lässig spiele ich auf einer Akustikgitarre das Intro mit geschlossenen Augen. Das Üben hat sich gelohnt. Die Leute um mich herum sind vollkommen fasziniert von mir dort oben auf der Bühne.

„So, so you think you can tell, heaven from hell", singe ich wie die anderen um mich herum mit. Verrückt, ich singe mit mir selber mit.

Hey! Ich versuche, mich auf mich aufmerksam zu machen, aber meine Arme sind so schwer, ich kann sie nicht in die Luft strecken. Ich rufe, doch ich kann mich nicht hören, es ist zu laut und meine Stimme zu schwach. So bleibt mir nichts anderes übrig, als zuzuhören. „Running over the same old ground, what have we found? Same old fears, wish you were here." Ich will mich nicht selber loben, aber ich spiele verdammt gut. David Gilmore, zieh dich warm an! Die Scheinwerfer blenden mich, sie zucken wie Blitze, ich muss meine Augen schließen. Die Leute drängen nach vorn, und ich bin zu schwach, um dagegenzuhalten. Es spült mich nach hinten aus der Zuschauermenge raus, die Bühne entfernt sich immer weiter. Ich bin froh um den Wind, der mir plötzlich sanft ins Gesicht bläst. Ich lasse die Augen weiter geschlossen. Als ich sie wieder öffne, stehe ich auf einem kleinen Berg und sehe auf den Highway 1 hinunter.

Kalifornien? Wie komme ich denn jetzt hierher? Ich wundere mich, will mich aber nicht beklagen. Mann, ist das schön hier. Es muss Nachmittag sein. Die Sonne geht langsam unter, und es ist nicht mehr heiß, sondern angenehm warm. Ich liebe diese Stimmung. Das Meer glitzert so stark, dass ich meine Augen mit den Händen schützen muss, um etwas zu erkennen.

Hinter einem großen Truck sehe ich einen Motorradfahrer näher kommen. Wie gern wäre ich jetzt an seiner Stelle. Er sitzt ohne Helm auf seiner Harley. Ich erkenne sie sofort, hatte sie früher auf einem Poster in meinem Zimmer hängen. Es ist eine Harley-Davidson

Panhead Duo-Glide von 1959, 1.200 Kubik, 54 PS. Monatelang habe ich sie angebetet. Er lenkt nicht, er verlagert nur sein Gewicht und kommt so spielerisch um die Kurven. Ein herrliches Gefühl. Ich kenne das, es ist wie fliegen. Er kommt immer näher, und ich freue mich darauf, das Bike von Nahem zu sehen. Der Fahrer lächelt und winkt mir kurz zu. Unglaublich, das bin ja wieder ich, der da auf der Harley sitzt. Ich – auf der Panhead Duo-Glide! Ich blicke mir nach und schüttle den Kopf. Unglaublich! Ich kann mich kaum noch ausmachen in der Ferne, denn die Sonne spiegelt sich zu stark im Wasser. Ich muss die Augen wieder schließen und döse ein wenig weg.

Plötzlich schrecke ich auf. Blasmusik! Um mich herum Lärm, Gedränge, der Geruch von Bier und gegrillten Hähnchen. Kein Zweifel, ich bin, warum auch immer, auf der Wies'n in München gelandet. Schützenzelt, natürlich, mein Lieblings-zelt. Betrunkene rempeln mich an, Bedienungen bahnen sich rücksichtslos ihren Weg durch die Massen, und eine junge Frau im Dirndl tanzt auf einem der Tische. Sie dreht sich immer schneller, ihr Rock wirbelt durch die Luft, die Kapelle schmettert eine Aufforderung zum Trinken, und alle grölen mit.

Ein Paar knutscht ungeniert, es sind Susanne und ich. Es wundert mich schon nicht mehr. Das Totsein birgt halt jede Menge Überraschungen, und im Moment befinde ich mich wohl in einer Art Traum. Trotzdem steigen mir Tränen in die Augen, als ich uns beobachte. Wir sind so glücklich, so unbeschwert. Was für ein

Augenblick! Ich weine hemmungslos, und es tut gut. Es erleichtert mich. Das Leben geht vorbei, aber der Augenblick bleibt, denke ich.

Ein Mädchen greift nach meiner Hand, lacht mir ins verweinte Gesicht und tanzt mit mir davon. Ich versuche, mich zu wehren, ich will bei Susanne und mir bleiben, aber ich bin zu schwach. Das Mädchen hat leichtes Spiel. Wir drehen und drehen uns. Es ist mir zu schnell, aber das Mädchen lacht und dreht uns immer schneller. Mir wird schwarz vor Augen, angenehm ist das, die Dunkelheit schützt mich, ich fühle mich leicht, will die Augen nicht mehr öffnen, lasse mich fallen. Ich falle. Aber halt, nein. Nein, jetzt nicht aufgeben. Streng dich an, mein Lieber, oder hast du deine Tochter schon gefunden? Also, mach die Augen auf. – Ich kann nicht, wirklich nicht. – Doch, du kannst, oder ist es dir deine Tochter nicht wert?

Mühsam öffne ich meine Augen, und mein Körper fühlt sich unendlich schwer an. Ich kann mich kaum bewegen, bin ganz starr. Alles um mich herum ist weiß, das gefällt mir nicht. Die Dunkelheit war viel angenehmer, das Helle strengt so an. Ich blicke mich um. Nichts zu sehen. Oder doch, da hinten, da stehen ein paar Leute um ein Krankenhausbett herum. Ich kann nicht erkennen, wer da liegt, mache mir aber wirklich Sorgen, dass ich es sein könnte, so, wie das hier im Moment läuft. Ich erkenne meine Mutter, die am Kopfende des Bettes steht und weint. Das sollte sie nicht, das tut mir weh. So kenne ich sie gar nicht. Sie ist immer so stark und sicher. Ich habe meine

Mutter nur ein einziges Mal weinen sehen, das war, als mein Vater starb, und jetzt weint sie wieder. Es muss etwas Schlimmes passiert sein, vielleicht liegt da auch eine Freundin von ihr. Auf der einen Seite des Bettes erkenne ich meine Schwester mit Susanne und Peter. Sie reden. Ich muss etwas näher kommen, um sie zu verstehen.

„Ich habe wirklich alles versucht", sagt meine Schwester. Sie weint. „Ich hab mir Zeit genommen, auf ihn eingeredet. Ich verstehe das nicht. Ich verstehe es einfach nicht."

„Das letzte Mal, als ich ihn gesehen habe, hat er versucht, mich reinzulegen. Er hat auf stabil gemacht, hab mir gleich gedacht, dass da was faul ist." Susanne ist es, die das sagt. Tränen stehen in ihren großen, dunklen Augen.

„Natürlich stimmte das nicht!", wirft Peter verärgert ein. „Fertig war er, total kaputt. Habt ihr das denn nicht gesehen? Ihr habt euch nur eingeredet, es würde ihm wieder gut gehen, damit es euch besser geht. Hört mir bloß auf!" Dabei macht er eine abfällige Bewegung mit der linken Hand zu den beiden hin. „Hört mir bloß auf!"

Vorsichtig schleppe ich mich immer näher an das Krankenbett heran. Die anderen nehmen mich nicht wahr. Ich fürchte mich davor zu sehen, was offensichtlich ist, aber wovor fürchte ich mich eigentlich? Als Toter kann es mir doch wirklich egal sein. Mann, stell dich nicht so an! Ich gebe mir einen Ruck und starre auf denjenigen, der da im Bett liegt, und erschrecke vor mir selbst. Ich sehe aus wie eine Mumie. Alles weiß, Bettlaken, meine Haut, einfach alles. Mir bleibt der Atem weg. So habe ich mich noch nie gesehen – leblos, fahl, weit weg für die anderen, ja, selbst für mich. Meine Hände liegen blass, fast weiß, wie von Dürer gemalt, an den Seiten meines Körpers. Sie wirken alt und leblos. Meine Mutter streichelt mir über den Kopf und ich kann es spüren! Wie verrückt ist das denn jetzt?! Sie fährt mir – meinem liegenden Ich – mit der Hand durchs Haar, und ich kann es sogar hier im Stehen spüren. Abgefahren! Unglaublich! Und es tut unendlich gut. Ich bekomme eine Gänsehaut und muss mich schütteln. Oh je, da steht mein Bruder. Ihn habe ich zuvor gar nicht wahrgenommen. Er weint und schreit mich an, doch ich verstehe nicht, was er schreit. Seine Adern am Hals treten hervor. Er spuckt beim Reden Speichel auf mich. Ich will ihn in den Arm nehmen, weil er mir so leidtut, aber es geht nicht, ich kann ihn nicht erreichen. Ich will ihn aber trösten und ihm sagen, dass alles in Ordnung ist. Nein, das ist echt nicht schön, ihn so dastehen zu sehen.

Plötzlich schießt mir der Gedanke durch den Kopf, dass es vielleicht doch falsch war zu sterben. War es zu egoistisch? Habe ich nur an mich und meine Trauer gedacht? Habe ich unterschätzt, dass es Leute gibt, die mich mögen? Hätte es – ich traue mich nicht, es ernsthaft zu denken – Sinn gehabt, weiterzuleben? Unsinn, oder?

„Er ist immer ein guter Junge gewesen." Meine Mutter sagt das, dabei habe ich ihr zeitlebens so viele Sorgen gemacht, und jetzt auch noch im Tod. Hatte ich das Recht, ihr das anzutun? Ist das Leben Verantwortung, Verpflichtung?

„Was für ein Wahnsinn." Peter muss lächeln, als er das sagt.

Hätte ich weiterhin Spaß haben können, wie Peter es mir immer gesagt hat? Mir wird ganz weich in den Knien, ich bin paralysiert und fühle mich kaum noch. Es fällt mir schwer, die Augen aufzuhalten. Ich muss mich dazu zwingen.

Aus den Augenwinkeln sehe ich eine Gruppe von Leuten ans Bett kommen, nein, nicht ans Bett, die kommen zu mir. Es sind meine Freunde von hier, Elvis und Stefan Zweig, eingehakt bei Sigmund Freud, Casanova, lachend, zusammen mit John Lennon, Peter Alexander, der aufgeregt um Frank Sinatra tänzelt, Sokrates und Steve Jobs, und ganz hinten Marylin Monroe. Es werden immer mehr. Ich erkenne Jim Morrison und Freddie Mercury, Willy Brandt und Thomas Mann, Sophie Scholl und Heinrich Böll, Curd Jürgens und Tony Curtis und, und, und. Alle, die ich noch treffen möchte, strömen herbei. Da, ganz hinten, neben Ernest Hemingway ist mein Vater, er trägt ein kleines Mädchen auf dem Arm. Ich möchte ihnen entgegengehen, aber meine Beine bewegen sich nicht. Durch die Gruppe bahnt sich ein Mann, den ich nicht kenne, seinen Weg. Er hat einen weißen Kittel an, eine riesige Spritze in der Hand und fliegt regelrecht durch die Menschenmenge zu mir ans Krankenbett. Ich bekomme Angst. Was will er denn mit einer Spritze?

Ich bin doch tot! „Lass mich in Ruhe!", brülle ich, aber er hört es nicht. Ich rufe es noch mal und immer wieder: „Aufhören!"

Der Arzt läuft mit seinem fliegenden Kittel weiter auf mein liegendes Ich zu. Ich suche verzweifelt in der Menge nach Marylin. Sie muss mich doch hören! Ich rufe: „Marylin! Komm bitte, ich brauche dich! Jetzt! Erzähl mir noch die Geschichte, wie du mit JFK und Bobby den Segeltörn vor Martha's Vineyard gemacht hast!"

Ich suche die Menge weiter ab. Da hinten ist Sokrates. „Hey, Sokrates, du hast doch gesagt, der Tod sei das größte Geschenk an die Lebenden. Was passiert dann hier? Lass uns das durchdiskutieren, bitte!"

Ich werde immer hektischer, denn keiner scheint mich mehr zu hören. „Elvis, komm gib mir eine Gitarre, ich spiele für dich. Sag mir, was du singen möchtest, ich begleite dich. Das wird ein Riesenspaß! Lass mich nicht allein!"

Der Arzt kommt meinem liegenden Ich immer näher, und ich spüre, dass ich mich beeilen muss. „Herr Zweig! Herr Zweig! Warten Sie doch! Ich habe ganz vergessen, Ihnen zu sagen, wie toll ich Ihr Gedicht finde. Sie wissen schon: ‚Oh Kindheit, wie ich hinter deinen Gittern, du enger Kerker, oft in Tränen stand, während draußen er mit blau und goldenen Flittern, vorüberzog, der Vogel unbekannt.' Da hinten sehe ich Steve Jobs. „Steve! Hier bin ich, Steve! Lauf nicht weg! Ich wollte dir noch erzählen, dass Erich Kästner in seinem Buch ‚Der 35. Mai' einen Mann mit einem

Telefon in der Hand über die Straße laufen ließ. Die Schnur verschwand in seiner Hosentasche, und er sprach lässig in den Hörer. Ist das nicht witzig?"

Wenn ich wenigstens meinen Vater noch mal finden würde. Doch, da hinten ist er. Er hat noch immer dieses hübsche Mädchen auf dem Arm. Sie lachen und winken mir beide zu. Wie gern würde ich zu ihnen gehen. Ich versuche, wenigstens zurückzuwinken, schaffe es aber nicht, bin wie gelähmt.

Der Arzt ist jetzt bei mir angekommen, er leuchtet mir in die Augen, wieder diese Blitze. Er legt die Spritze an eine meiner Venen am Arm. Es wird ruhig um mich. Ich atme tief ein.

Gestern bin ich gestorben. Keine große Sache. Wirklich nicht. Das Leben, der Tod. Der Gewinn, der Verlust. Die Liebe, die Angst. Egal. Alles, was ich spüre, sind die Stiche der Nadeln.

Danke.

Zum einen danke ich allen, mit denen ich gesprochen habe für ihre Zeit und Offenheit, besonders Pater Laurentius, Richard Swiderski und Horst Janson.

Zum anderen danke ich allen, die mich auf unterschiedlichste Art unterstützt und mir Mut gemacht haben, besonders Petja, Dieter und Wolfgang.

Und letztlich möchte ich demjenigen danken, der mich zu diesem Buch inspiriert hat: meinem Vater – wo Du auch immer sein magst.

Zeitfracht Medien GmbH
Ferdinand-Jühlke-Straße 7
99095 Erfurt, Deutschland
produktsicherheit@kolibri360.de